光文社文庫

スノーバウンド@札幌連続殺人

平石貴樹

光　文　社

スノーバウンド@札幌連続殺人

＊snowbound ［形］ 雪に閉じ込められた、雪で立ち往生した．

——『リーダーズ英和辞典』

おもな登場人物

畑中久志（一七）『SAPP』メンバー。物語の語り手の一人。
矢部公和（一七）『SAPP』メンバー。物語の語り手の一人。
島村久美子（一六）久志たちの友人。物語の語り手の一人。
藤田浩平（一七）久志たちの友人。
山田美穂（一七）久志たちの友人。
斉藤　章（一八）久志たちの友人。
畑中啓志（四五）久志の父。プロデューサー。
淑子（三三）久志の母。
島村義夫（四二）久美子の父。
志津子（三七）久美子の母。
北山厚夫（四〇）島村義夫の友人。
藤田洋次郎（四八）浩平の父。内科医。
イソ子（四四）浩平の母。
加藤光介（二八）暴力団員。
津野正一（一九）加藤光介の部下。

田丸耕治（三〇）宮の森東中学校教員。
鎌田誠一郎（五六）宮の森東中学校校長。
大城祥子（七三）札幌市中等教育委員長。
山崎千鶴（三五）車椅子の弁護士。
岡本里緒（三一）札幌の弁護士、千鶴の旧友。物語の語り手の一人。
上原哲也（三二）円山警察署警部補。
花井秀二（二二）桑園駅前派出所巡査。

稚内
留萌
増毛
旭川
深川
根室
岩見沢
帯広
小樽
札幌
新千歳空港
苫小牧
長万部
函館

ノート　NO.1

1　里緒《りお》

　これから皆さんの協力を得て、この夏から秋にかけて私たちの周辺で起こった一連の事件の経過を、できるだけ正確にたどりなおしてみたいと思います。

　山崎千鶴《やまざきちづる》が一人でやったことを、みんなで協力して再現したいのです。

　そのためにどれぐらい時間がかかるのか、ノートが何冊になるのか、そしてどういう新しい発見がもたらされるのか、私にもわかりませんけど、ともかくできるだけやってみましょう。

　皆さんよろしくお願いします。

　きょうは一九九一年十二月一日、雪の日曜日です。

　外はまっ白。

　見ていると時間も過去の記憶も忘れてしまいそうな雪の中で、遠くにかすむ道庁の赤レンガの建物だけ、雪が降り疲れるのをのんびり待つようで、そこだけぽっかり明治時代のようです。

まず熱いコーヒーをいれてから、スタートします。


最初から順を追って書くとなると、はじまりはやはり、私自身が被害にあった小さな傷害事件だったことになる。

七月十二日の夜九時ごろ、私は自宅近くの路上で、後ろから走ってきたオートバイ男に片手で突きとばされ、道路脇のコンクリート塀に肩からぶつかって肘をひどく擦りむいた上、鎖骨にヒビがはいるケガをした。ぼんやり見えた後ろ姿と、私を突きとばした力の強さから、大きな男だ、と一瞬思ったけれど、それ以外のことはわからなかった。私は痛みをこらえ、立ち上がって公衆電話に行って、救急車を呼んでから電話ボックスの中で失神していった。近くの庭からかおってくるラヴェンダーの香りに、気がついたところまでしか覚えていない。

犯人の見当がつかなかったくらいだから、ましてやその事件が、その後に起こった一連の殺人事件の前ぶれになるだなんて、私だけではなく、同僚たちも警察も、まったく思ってもみなかった。

そのころ私が担当していた仕事の中に、宮《みや》の森東《もりひがし》中学の暴力教師・田丸耕治《たまるこうじ》問題があった。被害者の父母に依頼されて、私は宮の森東中へ行って鎌田《かまた》誠一郎《せいいちろう》校長、田丸耕治本人に面会したが、かれらは予想どおり対応をはぐらかしてラチがあかないので、連絡協議会を作り、被害者たちに広く呼びかけて上申書を作成しはじめたところだった。

　私を襲った犯人は、こうした動きに反発する者、つまり田丸と宮の森東中学一派の誰かなのかもしれない、と思わないでもなかった。それ以外の仕事にはトラブルはなかったし、私のプライヴェイト・ライフも、自慢じゃないけどシンプルなもので、どう考えても人に恨まれる筋あいなんかなかったからだ。

　ただ、犯人が田丸でないことははっきりしていた。田丸はがっしりした元野球選手だったけど小柄で、体格が一致しない。犯人は野球よりお相撲さんみたいだった。鎌田校長はどちらかと言えばそんな体格だったけど、運転免許を持っていない。

　となると、犯人が何者なのかまったく見当がつかなかった。

　中の島署の見解では、通り魔の可能性が九〇％ということだった。オートバイから通行中の女性をねらった事件が、去年の夏にも札幌《さっぽろ》市内で二件起こって、未解決のままなのだという。それを聞いて私もあきらめざるをえなかった。十日間でとりあえず退院し、中の島署がせめてもの慰めのように現場に立ててくれた「通り魔事件発生」の看板を、私はうらめしく眺めながら職場や病院に通うことになった。

　入院中、花束や親切な言葉で病室をにぎわしてくれた法律事務所の同僚たちは、私が復帰すると、もうさっそく私を冷やかしのタネに使って、私が「冷たくオトコを捨てたんじゃないか」とからかったり、「弁護士のくせに、オートバイのナンバーぐらい覚えておかなかったの？」と責めたりした。私は泣きまねをしながら、左手で字を書く練習、左手でメークをする練習をつづけた。

でもそんなドタバタ劇が楽しめたのも三、四日のことだった。次の、もっと重要な、予期しない事件が起きたからである。

七月二十七日の藤田浩平《ふじたこうへい》の殺人事件。これについては「目撃者」である久美子《くみこ》さんに書いてもらえると思う。

その事件の大きさも性質も、私の小事件とはぜんぜん違ったものだったので、二つを結びつけることはもちろん不可能だった。藤田浩平は田丸耕治のかつての被害者の一人として名前を知っていたので、私はそちらに関心をうばわれ、自分のほうはだんだん忘れていった。鎖骨の回復も順調だったから、忘れるのも自然だったし、ある意味では早く忘れたいくらいだった。

山崎千鶴がやがて札幌に来て、私と藤田浩平と、この二つの事件が意外な方向から結びついていくのは、九月下旬になってからだから、まだ二か月先のことである。

そしてそのときには、千鶴の訪問をまるで待っていたかのように、第三の事件が起こる。それまでのあいだ、浩平の事件の捜査も進展せず、札幌はめずらしくむし暑い夏をぼんやりと謎につつまれたまま過ごすことになった。

「序文」というわけではないけれど、とりあえずこんなふうに書いてみました。

千鶴が来てからあとのことは、もっとくわしく小説ふうに書く必要があると思います。

もちろん、私は小説仕立てにすることをおもしろがっているのではありません。あくまでもすべてをもう一度、できるだけ正確にたどりなおして、千鶴がどういう推理を重ねて、どういう結論にたどり着いたのか、それを探ってみたい、という気持ちが強いのです。

みなさんどうぞよろしくお願いします。

2　久美子

犯行の現場にいるのがわたしの運命みたい。だからわたしは書くなんてさんざん苦手なのに、書け書けと言われて書かされることになりました。でも里緒先生も千鶴先生も大好きなので、途中で久志《ひさし》や公和《きみかず》にも相談しながら、なるべくきちんと書こうと思うのでよろしくおねがいします。でもだんだんあきてきたら久志かわってね。

人の運命ってほんとにわからない。わたしがこのごろ思うことはそればかりです。

はじめから書きます。浩平君が殺されました（ごめいふく）。藤田浩平君、十七歳。事件は七月二十七日（土曜日）でした。

わたしはなにしろ現場にいたので、いま思い出してもマジ怖いです。でも怖いところはたぶん警察の記録を使って書きます。

たくさん覚えていることがあるような気もするけど、ぜんぶこんがらがって、どうしていいかわからないので、最初に書くことを決めて、それにしたがって無理にでも書いてみようと思っています。それにしてもユウウツな役だよねー。

しぜんな気分で思い出せるのはもちろん事件のことじゃなくて、その前の日のことです。前の日の二十六日に浩平がわたしをナンパして、浩平の部屋についていっちゃった。わたしめったにそんなことしないのに。いまから思えば、浩平は音楽の話をしてたら、なにげにSAPPの話になって、SAPPのメンバーは二人とも友だちだよって言ったので、わたしは久志が前からちょっと好きだったので、紹介してもらいたいなあとか思ってたのもあります（これはいま久志とつきあっているから言うのではありません）。

でもそういうことは警察にきかれなかったから、きっと大事じゃないんだよね。

それではさっそく、警察で作らされた調書のコピーがあるので、それを見ながら書くことにします。

事件の前日、七月二十六日の午後三時ごろ、浩平は路上で久美子に声をかけた。タヌキ小路三丁目のロッテリア前。そのままロッテリアにはいった。

そんときは音楽の話とかして、わりとノリノリでした。

五時ごろロッテリアを出て、大通り公園までぶらっと歩いて、時計台前ビル地下の『オロロジオ』（イタリアン）で食事をした。「カネおろしたばっかだから」と浩平は言っていた。

浩平は途中で、「ちょっと電話してくる」と言って店の外へ出たら、すこしむっつりして戻ってきた。どこへ電話をかけたのかはきかなかった。

げんみつに言うと「どうしたの」ぐらいきいたと思うけど、「なんでもない」と言ってたと思います。

――むっつりしながら食事がすむと、「これからウチに来ないか」と言いました。わたしは家へ誘うのはセックスが目的だと思って、「わたしはじめて会った人とは寝ないよ」と言ったら、被害者はにっこり笑って、「おれもそうなんだ。だけどウチ行けばギターとかもあるからさ」と言うので、なんだかいい子のように思って、一緒に行くことにしました。

こんなことしっかり調書に書いてあるよ。恥ずかしいよー。ちなみに浩平のことを警察では「被害者」と書いています。

――ほかに被害者の話の内容は、一人暮らしをしていること、大学検定の勉強をしていることなどでした。『オロロジオ』を出ると、東一条の駐車場にオートバイを取りに行き、わたしは後ろに乗って、北十四条西の被害者宅へむかいました。座席の下に予備のヘルメットがあって、わたしはそれをかぶりました。途中でローソン・ホクダイ前店に寄って、カレー、スパゲティ、菓子パン、飲み物などを買いました。

——七時半ごろ被害者宅に着いて、約五分後、わたしがリヴィングでテレビを見ていると、被害者は後ろから接近して、ビニールひもでわたしを縛ろうとしました。「おまえは誘拐されたんだよ」と被害者は笑いながら言いました。はじめは冗談かと思い、冗談ではないとわかると抵抗したり哀願したりしましたが、包丁を持ち出されて「おとなしくしないと殺すぞ」と脅されて、手足を縛られて、タオルを口に巻かれました。「がまんしろ」とか「しょうがないんだよ」とか言われたように思いますが、動転してあまり覚えていません。

このあたりは調書のままだけど、わたしが言ったはずがない知らないコトバも出てくるので責任はもてないのですが、もう署名しちゃってます。「すいがん」ってなあに？

——八時ごろにはトイレに行かされ、縛られたままでなんとか用便をすませると、奥の部屋のクローゼットに入れられました。

こんなことまでしゃべらされたんだよね。

――音はすこし聞こえただけです。テレビの音、玄関のドアをバタンと閉める音、誰か来たらしくてたまに人の話し声、笑い声がしました。ギターの音もしてたと思います。たぶん被害者以外に二人の男がいたのではないかと思うけど、自信はありません。何を話していたかはまったくわかりません。ほかの人たちが何時ごろ来たかもよくわかりません。自分は殺されるんじゃないかと思いました。かりにそうなっても自分が悪いんだからしかたがないと思いながら泣いて、泣き疲れてウトウトしかかったら、クローゼットがあいて、被害者が「おとなしくするならこっちに来てもいいぞ」と言い、うなずくと、リヴィングに戻してくれました。そのとき部屋にはタバコのけむりがモワッとしていましたが、仲間はもう誰もいませんでした。時計を見ると三時でした。足のひもを取ってもらって、トイレなどは比較的自由になりました。

――リヴィングのテーブルの上にノートをやぶいた感じのメモの紙があって、それを被害者はわたしに見せて、「あしたとあさって、おまえの家に電話をかけてこれだけのことを言うんだ。わかったか」と言ったので、うなずくと、被害者は少し落ち着いたようで、「カネさえ手にはいればおまえは殺さないことになってる」と慰めてくれました。それから「誘拐犯人の電話の声は二回目からは録音されて分析されるから、おまえ自身が全部しゃべったほうがいいんだ」と説明しました。そのうち「大声を出さなければタオルも取ってやろうか。大声を出したら殺すぞ」と言うので、またうなずくと、タオルも外してくれました。

——それから被害者は寝転がって、ぼんやりとテレビを見ていました。その途中のどこかで、「うちはお金がないから、一千万円用意することはできないと思う」とわたしが言うと、被害者は「おまえの父親が現金でそれぐらい持っていることは、調べがついているのさ」と笑って答えました。わたしはお父さんがいつも競馬のお金にも困って、お母さんにせびっているのを知っているので、「そんなはずはないと思うけど」と言ったのですが、「まあ見てろよ」と被害者は言うだけで、あとは説明してくれませんでした。

——それから、「一晩家をあけても、おまえの家じゃ騒いで捜索願いを出したりしないのか」と被害者がきくので、「一晩ぐらいならたまにあるから」と答えると、だまって笑っていました。

——かりにお金が被害者の手にはいっても、わたしは被害者の顔も知っていて、住居まで知ってしまったからには、やはり解放されるはずがないのではないかと思いましたが、おそろしくてそんなことをたしかめる勇気はありませんでした。けれども被害者がわりあい親切にしてくれるので、すこし勇気が出てきて、わたしはどうなるのか、もう一度きいてみると、被害者は「心配はいらないよ。おれ以外の仲間はだれもおまえと顔を合わせてないだろう。だからおまえがまんいちおれのことをしゃべっても、パクられるのはおれ一人だけだ。だけどもしそんなことになったら、仲間が今度こそおまえを殺す。おまえはそれが怖かったら、解放されてからもおれの名前を出さないようにするんだ。わかったな。犯人はサングラスに覆面のお兄さんで、顔も名前もわからないと言えばそれですむんだ」と言いました。わたしはなるほど、そういうやり方もあるのかと思って、それなら本当に助かるのかもしれないと思えてきて、すこしうれしくなりました。

このあたりは調書に書いてあるとおりの気持ち。

——朝六時ごろ、被害者は「寝るぞ。おまえはクローゼットだ」と言ってわたしをまたクローゼットに閉じこめ、自分はその前にベッドをずらしてきてクローゼットが開かないようにして眠ったようでした。わたしも毛布を上からかけてもらったので、それほど寒くありませんでした。泣いたり物音に耳をすましたりしましたが、けっきょく眠くなって、十一時ごろまで二人とも寝ていました。

久志はそんな状況でどうしてぐっすり寝られるんだって言ってたけど、そんなこと知らないよ。わたしの身になってみなよ。こわすぎて眠っちゃうってこともあるんじゃないの。

でも起きてからは、あんまり会話はなかった。二人でカレーライスを食べて、缶コーヒーを飲んだ。わたしは「きょうウチに電話するなら、四時前にしないとお母さんいなくなっちゃうから」と言った。とりあえずお母さんの声を聞きたかったたし、留守になってからだと予定どおりいかなくてどうなるかわからなかったから、早くしてもらいたかったの。

で、三時ごろ電話することになって、浩平はまたメモの紙を出してきた。

そのメモのことは数字とかいっぱい書いてあって、警察でなるべくこまかく思い出せって言われてひっしに苦しんで、いくつかおぼえていたことが調書に出ている。

まず「ゆうかい」と大きくひらがなで書いてあって、あとはどこへ電話をして、なんて言うか書いてあった。最初のやつは、じっさい浩平が電話でお母さんに言ったとおり。

「娘を誘拐した。明日の朝までに一千万円現金で用意しておけ。警察に連絡したら娘は殺す」

そこでわたしに電話を交代して、「お母さん、犯人の言うとおりにして。お金を払って、私を助けてね」って書いてあったのを読んだ。

お母さんは「なに言ってるのあんた、ふざけないでよこっちは忙しいんだから」って言ったから、なにか言ったほうがいいかと思って浩平をちょっと見たら、浩平は電話を切っちゃった。

わたしはずうっと手をしばられてて痛くて、手首をくっつけてしばられたまま受話器を持つなんて、やってみればわかるけどこれがナマラむつかしいの。右手で持つとちょうど左手でしゃべり口をふさいじゃうんだよ。だからお母さんにはなにを言ってるのかよく聞こえなかったのかもしれないけど、そのふつうじゃないところをお母さんならパッと気づいてほしいと思ったけど、アマかった。

二番めの電話からあとは、わたしが全部読むことになってた。二番めはあしたの朝かける予定で、「現金を紙袋に入れて、午前十一時までに札幌駅北口前『どさんこコーヒー』に行ってください。お母さん一人で行ってください。警察の動きを察知した段階で、取り引きは中止して私を殺すと犯人は言っています」

三番めは『どさんこコーヒー』にかける電話で、「十二時ちょうど発の快速エアポート旭川《あさひかわ》行きに乗って、深川《ふかがわ》でおりてください。おりたら駅前の公衆電話ボックスにはいってください。お母さん一人で行ってください」

四番めは深川駅前の電話ボックスにかける。その電話番号も書いてあったけど、全然思い出せない。「十三時二十五分発の留萌《るもい》行きに乗って、留萌でおりてください。ただし、かならず列車の右側にすわって、紙袋を膝にのせて、途中いつでも紙袋を渡せるようにしておいてください。くりかえします。かならず列車の右側にすわって、紙袋を膝にのせ、途中いつでも紙袋を渡せるようにしておいてください」

この二十五分っていうところは覚えてなかったんだけど、警察が調べたら、十三時台の留萌行きは二十五分発しかなくて、時間的にそれだろうっていうことになった。

四番めの電話のセリフの下に、たしか「布」という字を使った名前と、「：」を使った数字が書いてあった。警察でそれは「真布《まっぷ》　一三：四五」だろうと言われて、たぶんそうだと思った。留萌線のまんなかあたりにそういう駅があるんだって。だけど真布なんて、札幌の人は知らないしょ。警察も知らないって言ってた。真布になにがあるんだろうって。で、こっちは六時ごろになって、「なにか食うか」ってきかれたけど、まるきり食欲とかないから「いらない」って言ったら、浩平は菓子パンを食べた。

サイテイの時間。テレビでリンドバーグの歌をやってて、いつもならわりと見るんだけど、ぜんぜん見る気がしなかった。

ここからまた調書をそのままうつします。

——八時になると、またわたしは足も縛られて、タオルも巻かれて、クローゼットに閉じこめられました。そのうちドアの音がしたので、仲間がまた来たのかと思っていると、急に大きな声で「ばかやろう」とか「このやろう」とか言う声が聞こえて、ドシン、と大きな音がして、急に静かになりました。そのあとすこし人の声が聞こえましたけど、何を言っているのかはわかりませんでした。そのころ一一〇番に電話した人がいたことも知りませんでした。なんとなく自分がいることを気づかれないほうが安全だと思って、身動きひとつしませんでした。

——そのうちあんまりしいんとしてるので、だれもいなくなったのじゃないかと思いましたが、自分から動くのは危険なのでじっとしていたら、ピンポーン、ピンポーンってチャイムが鳴って、「藤田さ〜ん、藤田さ〜ん」って大きな声で呼ぶのが聞こえました。もしかして警察だといいな、とそのときようやく思いました。どなり声を近所の人が聞いて通報してくれればいいな、と思っていたからです。

そういうわけ。わたしはいざとなったらなんだか声が出なくて、クローゼットのドアが肩であけられないかと思ってもぞもぞしてたら、またむこうの部屋が騒ぎになって、「はいっ、はいっ」てどこかへ電話している感じで、そしたらクローゼットのドアが向こうからあいて、わたしはピストルをわたしに思いっきり突きつけて身がまえているおまわりさんの目の前にゴロン、と転がり出た。

おまわりさんは「きみ、きみ！」としか言わなくて、もう一人のおまわりさんを呼んで、ようやく口のタオルを取ってくれて、手足のひもも切ってくれた。わたしもうぐったり。それなのに、おまわりさんたちはかわるがわる、「きみはだれなんだ、え」「きみはだれなの」「こんなところでなにをしてたの」って言うから、「島村《しまむら》、久美子です、ハアハア」って言いながらようやく立たせてもらって、ちょっとよろめいてリヴィングのドアにもたれかかると、「きみ、そっちへ行っちゃいかん」とおまわりさんが言ったと思ったら、浩平が倒れているのが見えた。血だらけ。

あんまりショック。ぼうっとなって、まるで自分が殺されたんじゃないかと思ったよ。

3　里緒

久美子さん、ここまでよく書いてくれました。私からすこし補っておきましょう。千鶴が来たときに私がした説明と、千鶴の反応を思い出してみます。

千鶴はたしか新潟県の出身だけど、私と知り合ったのは東京の大学で、そのとき彼女はもう車椅子だった。小学生のときに交通事故にあったという話だったけど、くわしくは聞いてない。とにかく勉強家だった。そのころは福祉や青少年関係が中心で、殺人事件に興味があるなんて様子はまるきりなかったけれどもね。

大学に遅れて入学して私なんかより年上だったせいもあって、いつもお化粧や洋服に気をつけてるキレイな人だった。

そんなことを思い出しながら千歳《ちとせ》空港で待ってると、ANAの男の子に車椅子を押してもらってにこにこやってきた千鶴は、挨拶もしないうちから、

「で、犯人逮捕はまだね？」なんて言うもんだから、ANAの子はびっくり。

千鶴の世話をしてくれている礼二《れいじ》さんとも久しぶりの再会だった。あいかわらず静かで、痩せて、年齢不詳。

空港ビルを出ると、北海道らしい秋の青空の九月二十二日、日曜日。浩平君の事件からもう二か月たっていた。

車に乗ってからが、私からの概要報告。礼二さんはこちらの道路をあらかじめ研究でもしてあったのか、私から簡単な順路を聞いただけで、事もなげにハンドルを握っていた。千鶴は後ろから車椅子ごと積み込まれてたから、私は後部座席に横むきにすわって後ろをむいた。

持っていった浩平の写真を千鶴に見せながら私は話していった。

まず警察側から言えば、事件の発端は一一〇番通報だった。男の声で『警察ですか。あの、人を殺しました』と言ったけど、電話はそれだけで切れた。それが七月二十七日の夜、九時ごろ。警察は念のためにかけてきた電話番号をＮＴＴの通話記録から調べてみたら、持ち主は藤田洋次郎《ようじろう》という医者だった。つまり洋次郎氏が息子に使わせている電話だということがわかって、その住所へ警官を派遣した。そしたらチャイムを鳴らしても誰も出ない、鍵はかかっていない、ということで、踏み込んだのが十時ころ。そしたらその息子、藤田浩平が、血まみれで倒れて死んでいた。

浩平の死因は後頭部に一撃の撲殺で、打ちどころが悪くてほとんど即死だったらしい。凶器はそばに放りだされていた大理石の置き時計。時計の形状と血痕から、それが凶器であることは間違いない。

「一人暮らしの少年が大理石の置き時計？　親からもらったもの？」と千鶴はきいた。

そう。父親がどこかからもらって使わないでいたのを、たまたま持っていってたらしい。で、警官たちは本署に連絡して、応援が来るまで現場で待機するつもりでいたら、奥の部屋で物音がするものだから行ってみると、クローゼットの中に女の子が閉じ込められていた。それが久美子。

「生きてたのね？」

久美子が前日に浩平にナンパされて、夜になって部屋に行ったら、手足を縛られてクローゼットに閉じ込められた、といういきさつを話すと、

「十六歳の女の子ってことは、目的は人身売買？」と千鶴はすぐにきいてきた。

「とりあえず浩平の仲間がやってきてさんざんレイプしたのね？」とも言っていた。

ところが、その久美子って子は、浩平以外の仲間とは誰とも会っていない。それが犯人側の作戦だったらしい。二十七日の三時ごろには浩平が久美子の実家に電話をかけて、久美子も決められたセリフを言わされた。実家ではすぐに警察を呼んで、いろいろ準備して次の電話を待ってた。久美子のほうは夜になるとまたクローゼットに閉じ込められて、また仲間がやってきたけど、すぐ怒鳴りあいみたいになったらしくて、物音が聞こえたと思ったら、そのまま静かになった。この怒鳴りあいの声は近所の住人も聞いている。ぜんぶ男の声で「ばかやろう」「このやろう」、それから包丁を見て言ったのか、「怖え」とたぶ

ん言ってたという証言もある。それがだいたい八時半ごろ。そのころ浩平が殺されたらしい。死亡推定時刻は八時から九時。

「仲間割れかしらね。部屋の置き時計が凶器だっていうことは、殺人が計画されたものじゃなくて、突発的に生じたものだっていうことを意味するからね、ふつう」と千鶴は言った。「仲間の人数はわからないの？」

「久美子は聞こえた声の感じから判断して、浩平のほかに男が二人いたんじゃないかって言ってる。警察も二人以上だろうと考えてる。争う声が聞こえたにもかかわらず、浩平は思い切り後ろから殴られているから」と私は説明した。

死体のそばには包丁が転がっていたが、柄についた指紋は浩平のものだった。刃の部分からは洗ったときの洗剤が検出されただけだった。

「ふうん」と千鶴は言いながら、場面を思いうかべるときのクセらしく、人形のない人形劇みたいに両手と指をしばらくあちこちさせていた。

「ええと、一一〇番が九時だから、犯行のおよそ三十分後ね？　それは何なんだろう」

「いったんは自首しようと思ったのかもしれないけど、実際には指紋をきれいにぬぐい去って帰っていったからね」

「犯行をできるだけ早く露見させたかったんじゃない？　通話記録を調べて警察が来ることを予想して。でもそれにしては、通話時間が短すぎるかな」

「警察にすぐに来させるメリットは何？」

「ふつうはアリバイ工作ね。犯行時刻をなるべく厳密に確定してもらったほうが、アリバイを作る時間帯が短くてすむから。でも、殺人が突発的だったら、あらかじめアリバイ工作なんかしてたはずはないか」

「とにかく久美子は、怖いからしばらくじっとしていたんだけど、そのうちチャイムと『藤田さーん』って呼ぶ声が聞こえた」

「それが警官だったわけ」

「そういうこと。発見時、久美子は両手両足を縛られてタオルを口に巻かれただけで、外傷はなかった」


ここで千鶴も見た現場写真からの情報を書いておくと、部屋はキッチンとリヴィングが続いていて、テーブルに位置のずれた椅子が二つ、流し台にならんだインスタント食品、床に積み重ねられた漫画雑誌、テレビ、ラジカセ、飲み物の空き缶、ゲームボーイ。床のカーペットには血痕のほかに、缶コーヒーがこぼれた大きなシミも写っていた。ドアをあけた奥が机とベッドのある部屋で、ベッドはクローゼットの近くへ移動していた。そのほかオートバイ用のツナギ服その他の衣類、ヘルメット、ギターらしい楽器のケース、バスケットシューズなんかが写真には写っていた。勉強机の上にはいちおう教科書や参考書も載っていた。

千鶴の最初の推理――

「仲間が合計三人で、身の代金が一千万っていうのは安すぎるよね。やっぱり久美子を最終的には売りとばすつもりだったんじゃないかな。……だけど、売りとばす目的があるんなら、ついでに身代金も稼いで一挙両得、なんてことはやっちゃいけないことだろうね。……そのあたり、仲間のあいだで誘拐の目的が徹底されていなかったのかな」

警察が考えていたのもだいたいそんな方向だった。浩平は売りとばし目的の誘拐の「引っかけ役」に使われた。ところが浩平は真相を知るとビビッて、話が違うと騒ぎだしたのではないか。浩平は最近暴力団員と交際があったとされている。暴力団側は、浩平を痛めつけて言うことを聞かせようとしたら、なりゆき上殺してしまった。そうなれば、浩平以外は久美子と顔を合わせてないし、久美子はなにも事情を知らないから、あとは逃げてしまえ、ということになった、というのが警察のおもな見方だった。

私がそんなふうに説明すると、

「とりあえずそれでいいけど……」と千鶴は口ごもった。

「何か、ご不満？」

「不満じゃないんだけど、それだとだいたい四課マターだよね。あんまり探偵の出る幕じやないかもよ」

「ところが四課をふくめていくらがんばっても、二か月も犯人が検挙されないから困ってるんじゃないの」と私は言った。


ちょっと会話が途切れて窓の外を見ていた千鶴が、

「なんだかオモチャの町みたい」と言うので外を見ると、そのころ私たちの車は北広島《きたひろしま》の丘のあいだを抜けて、人家がけっこう見はらせるあたりを走っていた。

「家の屋根の色やかたちがみんな違うからかなあ」と千鶴はのんびり言う。

そう言えば北海道の家の屋根は、水平もあれば、斜面もあるし、中折れもあるし、勾配の角度もさまざまだ。雪が積もるから重いカワラは使わないで、たいていトタンで、赤い屋根、青い屋根、黒い屋根がいろんな向きに並んでいる。千鶴はそれが気に入ったみたいだった。

空が広いから、輝く屋根がまぶしく目だつ。ふだん見なれた光景だけど、東京の人がそばにいると久しぶりに東京の目で見ることができた。

4　久志

畑中《はたなか》久志です。
浩平と暴力団とのつきあいって話は、おれも公和も警察にずいぶん聞かれたから、ここでざっと書いておきます。

中心は加藤光介《かとうこうすけ》さんって人。三十よりすこし前かな。ススキノ界隈の暴力団の組員で、「カラス族」っているでしょ？　黒い服を着て、風俗のお店に女の子をスカウトしたり、お店の前で客引きしたりする人たち。そのモトジメをしてる人。

おれらが世話になってる先輩の津野《つの》さんが、加藤さんの子分みたいな感じで、ときどき津野さんから話を聞いてたけど、すげえちゃんとした人で、すげえ強えんだって。去年の春ごろ、加藤さんにくっついてたピンサロのボーイが、売り上げカッパラって、店の女の子と一緒に東京へ逃げたことがあって、加藤さんは津野さんを連れて東京へ行って、二日ぐらいしたら女の子だけ連れて帰ってきた。ただ津野さん、そのボーイがどうなったのか、ぜんぜん教えてくれなかった。おれら顔を見合わせて「怖え」ってひそひそ言いあったよ。

で、その加藤さんと浩平が、なんだか近ごろ親しそうにしゃべってる、ってウワサは今年の五月ごろだったかな。おれは見てないけど、加藤さんが浩平の肩を抱いて、二人きりでなんか話してる場面もあったらしくて。

おれが知ってるのは、津野さんが浩平を探しにきたこと。そんな騒ぎになったら、浩平が何かヤバイことをしたと誰でも思うだろ。

もちろん浩平にはチョクできいてみたさ。加藤さんが何の用なんだって。だけどあいつ、ニヤニヤして、「加藤さんに口止めされてるから」って、何も言わねえの。「何かヤバイ話？」「かもしれないな」なんて調子でさ。

そのうちあんなことになっちゃったでしょ。

警察はさっそく加藤さんを呼んでしつこくからんだらしいけど、決め手が見つからない。加藤さんは警察に協力なんかしないから、浩平と何を秘密会談してたのか、すっトボケてしゃべらないし、どころか、浩平殺しが加藤さんのしわざだっていうウワサでもたてば、それも本人のハクっつうか、名誉だと思ってたんじゃないのかな。

アリバイだって加藤さんの場合はウチウチの証言だから、アリバイが成立するんだかしないんだかはっきりしなかったんだって。

もちろん、当日一一〇番の電話は録音されてるから、加藤さんとか津野さんとか、めぼしいやつの声を片っぽしから録音して照らしあわせたらしいけど、それもダメだった。

ちなみにおれも公和も、バイク仲間のアキラとかほかの連中も、きっちりアリバイは調べられたし、声の録音から血液検査までやらされた。あたりまえだけどとくに問題なかったけどね。

そんな感じで、加藤さんにてこずってるうちに八月、九月になって、バイクで転んだ公和の足のケガもすっかりなおってSAPPはライヴがわりあい好調で、ウチのオヤジがクチをきいてくれてCD出そうか、なんて話も出て、おれらもちらちら忙しくなって、浩平のことをつい忘れそうになったところへ、千鶴先生が来たわけ。

もともと加藤さんはススキノじゃ有名人だけど、浩平のほうはおれらと一緒で、津野さんを通して加藤さんを見かけた程度の知り合いだから、わざわざ呼びつけてヒソヒソ話をするなんて、ふつうはありえないんだよね。

だから事件が起きたとき、「あ、ヒソヒソ話って誘かいの話だったの?」って、そりゃあビックリさ。

だけど「それにしても加藤さん、わざわざ浩平を相棒に選ぶかなあ」っておれらみんな言ってたよ。そりゃ、おれら不良かもしんないけど、ただ学校行かないでぷらぷらしてるだけで、別に誘かいとか殺しとか、そんな根性のはいったことまでやる気なんかないんだからさ。まして浩平なんか勉強半分なんだからさ。

せいぜいアキラが中学生カツアゲするぐらいだよ。それも五百円とかさ。

ただ加藤さんに見こまれたら、浩平ならやっちゃうかなあ。なんとなくそんな気はした。


そんなところかな。とりあえず。

5 里緒

現場には大事な遺留品があった。

タバコの吸い殻。マイルドセブンの吸い殻が二コ、キッチンの缶コーヒーの空き缶の中に落ちていた。ところが最初は有力な手がかりだと思えたんだけど、付着した唾液のDNA鑑定をしてみても、加藤にも誰にも今のところ一致していない。

それから八月になってから、現場のカーペットから浩平以外のものと思われる微量の血痕が検出されて、正確な鑑定は困難だが、その血痕の人物とタバコを吸った人物とはおそらく一致しない、という鑑識報告が発表された。やはり犯人は少なくとも二人だという従来の見方が補強されたわけだ。

そんな話を千鶴にしたのも、千歳から札幌にむかう車の中だった。

「それはうれしい情報だけど、よく考えるとうれしくないなあ。だっていずれその鑑定に一致する人が見つかれば、その人が犯人なわけでしょ。トリックも推理も必要ないじゃない」と千鶴は言った。

「えーと、現場から盗まれたものとかは？」

「特にないみたい。浩平の財布には四万円はいってた。浩平は前日、二十五日に銀行から五万円引き出してるから、計算は合うし、キャッシュカードも無事だった」

「誘拐事件とは別に、浩平は人に恨まれる事情はなかったの？」

「調べた範囲ではね。友達ともふつうにしてたらしいし、決まった女の子とはつきあってなかったみたい」

「ふうん。じゃあ」と千鶴は質問の方向を変えた。

「久美子って子は、全部本当のことを言ってる？」

お、来たな、と私は思った。

「疑うとすれば、どの部分？」

「浩平以外の犯人を見てない、という部分」

「さすがに鋭いところを突くね」と私は言った。「警察でもそれは考えたみたい。たとえば加藤光介に、『自分のことをバラしたら、かならず仲間がおまえを殺すぞ』って、脅されているんじゃないか、とかね。でも、けっきょく刑事さんたちの結論は、久美子は嘘をついてない、っていうことだった。久美子の周辺にも、親しい男友達はいなかったみたい。あとは自分で本人に会ってたしかめてみたら」

「久美子の家は財産家じゃないわけね？」

「そうね。父親の島村義夫《よしお》は工務店の契約社員。母親は地元の白石《しろいし》区で小さなバーをやってるわ」

「だとすると、親が現金で一千万円持ってることはわかってるって浩平が言ったのは、特別な入金があった事情を知ってたってこと？」

「そこが一つの謎なのね。あとで警察がきいたら、『そんな大金、見たこともありません』って、父親も母親も否定したって言うんだけど」

車はちょうど高速道路をおりたところだったので、

「夜はお寿司屋さんに予約してあるけど、まだ時間があるから、先にホテルへ行くでしょ？」

「里緒の事務所へ行くわよ。資料があるんでしょ？」

「そんなにあわてなくたって——」

「そうじゃなくて、話がわけわかんないから、ヘタするとあたしがこっちにいるあいだに、解決できないんじゃないかって心配してるの」

私は彼女の顔をまじまじ見た。

「本気？　それ。あなたいつまでこっちにいるつもりなの？　三日でしょう？」

「だから三日じゃ足りない気がしてきたの」

「あたりまえでしょ。何人もの刑事が二か月も駆けずりまわってるのよ」

「だってあたしは駆けずりまわれないんだもーん」と千鶴はわからず屋になって車椅子のアームをぱんぱんと叩いた。

「ちょっとちょっと」

「とにかくあたしがいるあいだは好きにさせて？　そのために来たんだから」

「なんとか三日で解決してみせるって？」

「うん」

「……その心意気だけでも、名探偵と呼んであげるわ」と私は言うしかなかった。


事務所に着いてから、私たちは千鶴が札幌に来た目的というのか口実というのか、用件のことをすこし話しあった。たまたま浩平の父親、藤田洋次郎氏が、浩平の死から二か月近くたって、事件当時浩平が島村久美子を誘拐する一味に加害者として加わっていたという事実に、あらためて親として責任を感じる、ついては久美子にたいする慰謝料をいくらかでも支払うべきではないか、金額はどんなふうに設定したらいいのか、と私に相談してきたのが、ちょうど九月になって、千鶴の札幌旅行の話が出た時期だった。私はとっさの機転で、慰謝料に詳しい友人の弁護士がたまたま東京から来るので、その人を紹介しましよう、と洋次郎に答えた。そう手配しておけば、千鶴が事件の関係者にすこしでも会うチャンスがふえるからだ。千鶴はもちろん大喜びで、自分でも警視庁の知人の警部から、円《まる》山《やま》署の上原哲也《うえはらてつや》警部補あてに紹介状を書いてもらって持ってきた。

「一千万円の件はべつとして、島村久美子の父親はだらしのない人で、競馬やマージャンでいつもピーピーしてるらしいの。だから久美子への慰謝料の話、いまはまだなにも言ってきてないけど、こちらからいったん言いだせば、寝た子を起こすような結果になって、ゴネださないとも限らないのね。浩平の親としては、心残りを解決したい一心だから、そのあたりを円満に運んでほしいの」と私は言った。

それから事件の資料集、写真集を千鶴に渡した。千鶴のお気に入りは加藤光介の写真だった。日焼けサロンふうに色黒で、髪を後ろに束ね、細い目と細い鼻はカッコイイというよりやっぱりちょっと怖い。

「うーん、シブい。会ってみたい」とか「この人が犯人だといいな」とか千鶴は勝手に盛りあがっている。

「だけどあなたね。見てくれで判断するととんでもないことになるわよ。北海道の暴力団をなめちゃだめよ」

「そう？」

「そりゃそうよ。北海道は道とつく以上、それぞれにミチというものがあるんだから」

「ははは」とおかしそうに千鶴は笑ったけど、私が本気で言ってると思ったみたいだった。

それから戸棚の奥から北海道地図を引っぱり出して、浩平一味の誘拐計画の補足説明を千鶴にしなければならなかった。

「北海道の地図ってバターを思い出すね」

「そんなことといいから。深川ってわかる？」

「わかんない」

「札幌からこう、北へ行って、旭川の少し手前。ここから留萌線がこう出てて、真布というのは、その途中の小さな駅。この地図にも出てないね」

「ルモイとかマップって、アイヌ語ね？」

「めずらしくないよ、このへんは。札幌だってもともと、広い川原のあるところ、っていう意味なの」

「へえ。ヘミングウェイみたい」

「何それ」

「このマップには何があるの？」

「ちなみに発音が違うけどね。マップは地図でしょ。コップとかと同じようにマップって、アクセントなしで読むの」

「コップ。マップ。ゲップ」

「ばかね。そこにはたぶん何もない。久美子が記憶してるメモによれば、留萌まで行かないうちに、途中で現金を奪う予定だったらしくて、その場所がマップだったように思えるんだけど、どうしてそんな場所を選んだんだか」

「そう、留萌まで行って、それからどこへ行けって指示が書いてなかったから、途中で勝負するつもりだったんでしょうね。マップから指定の汽車に乗り込むつもりだったのかな。それとも線路の右側に何かあるのか。そう言えば何両めに乗れ、っていう指示がないね」

「必要ないの。留萌線はぜんぶ一両だから」

「一両。かわいいー。じゃあ乗り込むわけにもいかないな。どうせ刑事が変装して一緒に乗ってるだろうって、予想がつくものね」

「乗り込むどころか、駅に近づいただけでそうとう目立つはずよ。なにしろ一日の乗降が何人っていう小さな駅ばかりだから」

というような話をしてから、私たちは『善《ぜん》ずし』に行った。

6　久志

『善ずし』の話はとりあえずおれが書くけど、全部なんてムリだから思い出した順に番号ふっときます。

❶先生がたの第一印象は、里緒先生がカレンなおねえさんだとすると、千鶴先生はオトナなおねえさんって感じだったすね。

そしたらあの日の久美子はすんごい子供ぽくて、首にも腕にもいろんなアクセサリーをジャラジャラぶらさげて、ちょっと急に動くとジャラッと音がしてた。

「こんにちはー」ジャラッ。

でもって千鶴先生が浩平のオヤジさんの依頼で来たと聞くと、

「慰謝料って、いくら?」とかしゃらっときいてんの。

「それはあしたお宅へうかがってから発表するわ」

「お父さん、今からそわそわしてる」

「金額きいてこいって言われたの?」と里緒先生。

「うん。お父さん、警察にしつこく呼ばれて、迷惑してたから、ちょうどどっかから迷惑料をもらいたいところだったたって」

「あ、一千万円のことでいろいろきかれたんだ」

「そう。しまいには、わたしが正直に警察に話したからいけないいんだって、わたしに怒ってんの。もう」ジャラッ。

「久美子さんの証言でその話が出たわけだからね」

「警察もひどいんだよ。お父さんの貯金通帳、こっそり見てこい、とかわたしに言うの」

「で、どうした？」

「もちろん断ったよー」

「おまえ、お父さん子だもんな」と公和。

「え、そんなことないよ。わたし連れ子だし」

「それは関係ないだろ。おれだって似たようなもんだし」とおれ。

「ちょっとアレだけど、実のお父さん、亡くなったの？」と千鶴先生。

「ううん。東京にいるって聞いたけど、よく知らない」

「会ったことないんだ」

「うん。グスン」と久美子はわざと泣きまねして笑わせたけど、その気持ちはおれにもわかった。親が二人めだとか三人めだとか言うと、かならずなんかあったと思われるんだよな。

おれんちなんて三人めだからな。スケベなバカオヤジのおかげでさ。

「何しろ北海道の離婚率は毎年トップクラスだから」と里緒先生が言ってくれたら、千鶴先生、「へえ。寒いから？」と言ったので久美子はジャラッジャラッと手をたたいてよろこんだ。

❷それからわりと自己紹介。

おれと公和と浩平が宮の森東の同級生で、暴力教師・田丸耕治にやっつけられた三人組。で、浩平がナンパした縁、っていうのもおかしいけど、おれと久美子がいまつきあいはじめたところ。

もともとおれと公和がよその学校のやつらとちょっとケンカして事件になったとき、オヤジの関係で里緒先生に世話になって、里緒先生とはそれ以来だよね、って、そんな説明もした。

「久美子さんは、どこの中学の出身？」

「白石《しろいし》三《さん》中」

「そっちは暴力教師はいなかったの？」

「いなかったけど、生徒が暴力。ガラスとかばんばん割ってた」

「で、浩平君とは事件の前の日が初対面だったわけね？」

「そう」

「そのとき、久美子さんが島村義夫さんの娘だと知って声をかけてきたような感じはなかった？」と千鶴先生はときどき探偵らしい質問をはなつ。

「なかった。それ、警察でもきかれたけど、島村、って名前言っても、浩平はべつにふつうだったよ」

「ナンパするとき、名前なんか気にしねえものな」とおれ。

「だいたい名前きかないことも多くない？」と公和は公和らしいことを言って、さっきからトロばっか食ってる。

「久志さんと久美子さんは、どうやって知りあったの？」

「浩平の葬式です。こいつ、ものすごく泣いてて」

「泣きすぎて、SAPPが来てることもはじめ気がつかなかったよ」

「そしたら美穂《みほ》って子がいろいろ話しかけて、あとでみんなでファミレス行ったりして」

山田《やまだ》美穂もおれらの同級生で、やっぱり田丸にやっつけられ組。

「ああいうとき、美穂はやさしいよね」と久美子。

「やさしいよな」と公和もソク賛成。

美穂がやさしい子なのはみんな認めるけどね。
❸あと、久美子がトイレ行ってるあいだの会話。

「うまく行ってるみたいね、二人は」と里緒先生がおれにこっそり言った。

「そうですね、今んとこ。マネージャーみたいなこと、やってくれて」

「一緒に暮らしてるわけじゃないんでしょ」

「違いますよ。あの子、ああ見えて意外にカタいっす」

「だけど、そろそろ旅行に行く話も出てるらしいし」と公和がよけいなことを言った。

「いや、まだ精神的に落ち着かないらしくて……」

「事件のこと、思い出したりしてるの？」これは千鶴先生。

「っていうか、たまに、浩平が死んだのは自分の責任だって思ったりするみたいで。急に泣き出したり、いろいろ」と、おれもなんとなくひそひそ話になっていた。

「マネージャーっていうのは、なあに」と千鶴先生がきいたので、おれらはＳＡＰＰの説明をした。

公和とおれの二人のバンドで、五月からとりあえず路上ライヴとかをはじめて、オヤジもテレビでちょこっと宣伝してくれたから、けっこう若い人が集まるようになった。

九月の段階じゃそんなものだった。それがいま、四か月もたたないうちに十曲持ってて、東京で公演するなんて話が飛びこんでくるんだから、おれら本人もびっくりなんだけど、それはまたあとの話。

「この二人がＳＡＰＰね？　いい感じじゃない」と千鶴先生。

「でしょう？　歌がまたいいんだよね」と久美子は営業トークみたいなことを言う。

「どんな歌？　チャゲ&アスカみたいなの？」

「あんなにカッコよくないす」って言ったけど、内心じゃ「あんなのオジサンっすよ」って思ってる。

「どういう意味なの、ＳＡＰＰって」

「札幌のイニシャルっす」と公和。

「イニシャルじゃねえだろ」とおれ。

「サッポロのサップかあ」

「こいつ、こだわりあるんすよ、札幌に」とおれは公和を親指でさした。

「へえ」

「ビールもサッポロ」と公和。

「いいね、そういうの」と千鶴先生。

「そうすか」

「そうよ。ふるさとだもの」

「♪ふるさと〜なのね〜」と公和が歌う。

「あなたがたの歌？」

「あれ。『恋の町札幌』っすけど」

「……札幌市の歌？」

久美子、ジャラジャラジャラと爆笑。

「SAPPは自分たちで作詞作曲するのよ」と里緒先生。「たいてい作詞が久志君で、作曲が公和君かな」

「テレビにも出たことあるよね」と久美子。

「あれはオヤジのコネだよ」とおれ。

「カッコいいポスターも作ったし」と久美子はうれしそうに言う。

「すごいな。一度聞いてみたいな」

「今度CD出るっす」と公和。

「へえ。何ていうタイトル？」

おれ&公和「『SNOWBOUND』」

「……あ、スノーバウンドね。スノーブランドかと思っちゃった」って、千鶴先生、そこはギャグにするとこじゃないっす。

「あさってライヴやりますから、よかったら来てくださいよ」とおれ。

千鶴先生「え、行こうかな。行きたい」

あとは加藤光介さんの話とかしたけど、それはもう書いたから、あと公和、頼むわ。

7　公和

どうも。初登場の矢部《やべ》公和です。

しかしみんなでこうやってセッセコ書いてると、むかしテレビでやってた『少年探偵団』って感じだね。だけど千鶴先生のことを考えると『鬼警部アイアンサイド』かな。もちろん鬼警部ってイメージじゃないけどね。どっちかっつうと『ルパン三世』の不二子《ふじこ》さんだね。


えーと、加藤さんと浩平の「秘密の話し合い」のことは、警察にもさんざんきかれたけど、おれらはなにも知らねえんだって、そんなことを言ってたら、

「あなたが誘拐されているあいだ、浩平君の話には加藤さんとか津野さんとかの名前は出てこなかった？」と千鶴先生が久美子にきいた。

「出てこなかった」

「久美子さん、加藤や津野の声をテープに取ったのまで聞かされたのよね」と里緒先生。

「うん。だけどわかんなくて」と久美子は顔をしかめる。

「いいんだよ、それで」と久志が言った。「ヘタに似てるなんて言って、加藤さんたちに迷惑がかかって、あとで人違いだってわかったら大変だもの」

「似てると思わなかったんだもん」

「だからそれでいいんだって」

「声の感じは、もしかしてお父さんの声かと思ったの」

「え」

「お父さんが助けに来てくれたのかと思ったの。あたし、必死にお祈りしてたし」

「だっておまえ、家に電話したとき居場所言わなかったんだろ。それでどうやって助けに行けるんだよ」

「なんとなくそう思っただけ。それを警察に言ったら、『犯人の声が、あんたのお父さんに似てたの？』って、おそろしいこと言うんだもん。似てると思ったわけじゃないよ」

「よけいなことを言うからだよ」

「だってなんでも正直に言えって言うんだもん」

　あと、浩平のこと。

「浩平君はよくナンパとかしてたの？」

「ときどきっすね。したり、されたり」

「長くつきあってた子はいなかったわけね？」

「そうすね。あいつは何でも長続きしなくて、ちょっとつきあうと、『おれ勉強あるから』とか言って止めてみたりね」

「勉強してたの」

「っていうか、北大行くんだって言ってましたから」

「あいつ、検定で大学受けるからって言って、それで親にカネ出してもらってたから」

「でもそれ、ただの口実じゃなくて、ちゃんと勉強もしてたの？」

「おれらよりはね」

「北大の売店で北大ノート買って、持ちあるいてたな」

「そうそう。ページの端にクラーク博士の顔がついてるやつ」

これがまた久美子にウケて、ジャラジャラ手をたたいてた。

「勉強以外には、あなたがたと遊んだり、それから？」

「そうすね、バイクとか、ゲーセンとか、バイトとか」

「バイトっていうのは？」

「コンビニとかですね」

「公和、なんか浩平と一緒のバイトしてたじゃん。津野さんの紹介で」

「あ、あれは『道々企画』って、風俗専門のインテリアの会社なんすけど、そこで内装を手伝う仕事で。意外に重労働で、浩平、すぐやめちゃったんすよ」

「津野さん、ムカついてたよな」

「そう、『ボンボンはしょうがねえや』って」

「そういえばさ、浩平君のところにギターがあったけど、彼もギターはうまかったの？」

「そうすね。ソコソコすね」

「人に聞かせる音じゃないしょう」とおれ。

「才能がなかった？　あなたがたから見て」

「才能」

「そのコトバに、ビビるよな、おれら」と久志。

「だってSAPPの結成は、最初から二人だけだったんでしょ？　三人でやろうかって話もあったの？」

「あったすよ。だけどあいつ気が多いから、なかなか集中しなくって。『やっぱ勉強する』とか言うから、ちょうどよかったんすよ。久志もおれも、とりあえず本気だったし」

「それはそうよね」と里緒先生。

「『おれら本気でやるけど、おまえどうするんだ』って。そしたら『おれはいいや』ってことで」

「浩平君、さびしそうにしてなかった?」

「どうしてですか?」

「だって中学時代からの仲間だったんでしょう?」

「うーん」

なんだか千鶴先生、おれらが浩平を孤独な死に追いやった、みたいな感じもヤヤあったから、

「あいつが生きてたら今ごろ、やっぱり入れてくれとかって、めんどくさかったかもしんねえよな」っておれは断言しといたぜ。こっちだって不良のままチンタラ行くのかどうすんのか、今がセトギワなんだからさ。そうだろ。

8 里緒

やがて三人が帰ると、千鶴は礼二さんのために折り詰めを注文して、大きな茶碗のアガリを飲みながらしばらく頭の中を整理していた。

「みんないい子たちだよね。きっと浩平もあんな子の一人だったんだろうなあ。……となると、やっぱり浩平は、なにも考えないで、言われるとおり素直に動いていただけなのかもしれないね。……ということは、久美子の父親、島村義夫が現金で一千万持ってるとい

う情報に、信憑性が出てくるのかしら。捜査本部は当然そのあたりは調べてるわけだよね。加藤光介と島村義夫の接点。加藤が島村の臨時収入を知りうる立場にあったかどうか。……そのへん、まだ何も出てきてないの？　……それだと、わけわかんないなあ」

というのが札幌初日の結論のようだった。

夜ふけの街はもう冷えてきて、風があたると襟もとにスカーフが欲しかった。

ノート　NO．2

1　里緒

　翌日の九月二十三日、千鶴は午前中礼二さんと二人で行動した。円山警察署へ行って、警視庁の警部からの紹介状の宛て先である上原哲也警部補に面会を求めた。上原警部補は東京からの闖入者《ちんにゆうしや》に嫌な顔もせず、親切に応対してくれたという。

　千鶴は警部補から見せてもらった資料をすべてこっそり写真撮影したので、私もコピーを持っている。
❶まず、浩平のアパートの現場保存を解除するにあたって、どういう品物を藤田家に返却したか、どういう品物を捜査本部が押収したかについての膨大なリスト。押収した品物といっても、まともに品物と呼べるものは、凶器となった大理石時計と、浩平の指紋が残された包丁、血痕の残った浩平のシャツぐらいのもので、そのほかは藤田家でも捨てるほかないゴミクズ類――発見時に久美子が縛られていたビニールひも、そのひもの使い残し

のコイル、空き缶、キャップのないマジックインキ（浩平の指紋）、クズ籠の中身やキッチンや床の紙片や包装紙などだった。

どの項目にも、ときには図解入りで綿密な説明が記入されていた。ビニールひもの残骸には「切断後保管・円山警察署桑園《そうえん》駅前派出所花井《はない》秀二《しゅうじ》巡査」と付記されていたし、使い残しのひものコイルは、メーカーの名前と製造開始年月、おもな販路のほか、全部引き出してみたのだろうか、「全長一〇〇メートルのうち残量約六五メートル」と書かれ、クズ籠の報告には「カレーパック外箱およびレトルトパック二個（浩平および久美子の指紋）、ライスパック二個、小売店（ローソン）商品袋、同領収書、菓子パン包装パラフィン紙一個、大学ノート細片一平方センチ以下三個、浩平毛髪四本、ティッシュペーパー丸六個」と書かれ、これに「ティッシュペーパー丸分析表」がついていて「コーヒー、水道水、カレー、ガム（ロッテ）、久美子唾液」と記入し、記入した鑑識官の署名捺印も見られる。その次の用紙にはクズ籠の中の各商品のメーカー名、製造開始年月、ローソン領収書の細目、そこに記されたローソン店舗の所在地と店長名、店員の署名つきの証言、などと続いている。冷蔵庫の中身についてもくわしい一覧表が作られ、これについては処分に同意する藤田洋次郎の署名が添付されている。

❷次がタバコの吸い殻のDNA鑑定書。浩平の指紋がついた缶コーヒーは二つあり、そのうちの一つにマイルドセブンの吸い殻が二個はいっていた。ただし浩平も久美子も喫煙

はせず、タバコの箱も現場には残っていない。
❸浩平の司法解剖の報告書。死因はやはり後頭部打撲による頭蓋骨骨折で、即死だった。
❹久美子の調書。これはすでに久美子さん本人が書いてくれているから省略。
❺加藤光介・津野正一《しょういち》の当日夜のアリバイ資料。加藤については、目撃証言がいくつかあるが、どれも近親者からのものである。夜九時まではススキノのいくつかの風俗店を巡回したことになっている。その後は友人たちとマージャン。津野は当日小樽市内にいた(確認ずみ)。
❻浩平と加藤光介の関係。やはり加藤と浩平がどんな話しあいを二人でしていたのか、どこからも有力な証言は得られていない。
❼島村義夫の「一千万円」についての調査。義夫の仕事や交友関係も一部はヤクザな建設業者や不動産業者に繋がっていて、がいして口が堅く、捜査は手こずっている。
そのいっぽう、島村は友人たちに小さな借金を重ねている。仕事仲間で飲み仲間でもある北山厚夫《きたやまあつお》は「島村に十万円貸したのに、なかなか返さないくらいだから、大口の収入があったとはとても思えない」と述べている。
❽捜査本部は深川西警察署に依頼して、深川から真布方面にかけて目撃証言の調査をもおこなっていた。真布を現金受け渡しの指定地と想定した上で、不審な若者やオートバイ、自動車などがなかったかどうか、一帯の派出所に照会していたのだ。ただ、目ぼしい結果

は何も出ていなかった。

千鶴と礼二さんは、私が教えた円山のバリアフリーのレストランで昼食を取り、午後一時半に円山署の駐車場で私と待ちあわせた。

せっかくスペースを広めに取って段差もなくしているのに車椅子の客がなかなか来ないので、レストランの店主は千鶴を迎えておおいによろこんだという。千鶴は季節とは反対の、若葉のように明るいグリーンのパンタロンスーツだった。

それから藤田洋次郎宅。

千鶴が車椅子なので、私たちは庭へ回ってテラスの円テーブルに導かれた。

シラカバを二本あしらったすてきな芝生の庭だった。しかもそのほかの庭木はちょうど紅葉にさしかかったところだった。ほどよい高さの赤や黄の葉むらにかこまれた景色に、千鶴は札幌のいちばん美しい季節を実感したようだ。

ならんで白いデッキチェアにすわった藤田夫妻を前にして、千鶴は私との関係を簡単に説明したあと、本題にはいって、浩平の誘拐をめぐる慰謝料問題を説明した。

——こういうケースは千差万別で、原則のようなものはあまりない。両親には民事上の責任はないので、あるとすれば道義的責任だけれども、その算定にはいろいろな要素がからむ。誘拐の被害者の島村久美子が、どの程度の身体的、精神的苦痛をこうむったか。事件の大きさ、たとえばマスコミでの騒がれかた。監禁の期間やその方法。それから久美子や両親の資産や収入の状況。ざっと調査したところでは、島村家には大きな資産はない。

――本件の場合、誘拐は比較的早い段階で収束するいっぽう、殺人事件に展開することによって、マスコミの目も捜査の目も主としてそちらへむかったので、誘拐事件への注目度は、さほど大きくなかったと考えられる。この間の心労は、藤田夫妻のほうがむしろ大きかっただろうから、それにもかかわらず慰謝料を支払いたい、という気持ちはたいへん尊いもので、その気持ちの貴重さが、算定される金額を結果的には少なくする効果もある。

藤田洋次郎・イソ子夫妻は、うなだれて千鶴のコトバにうなずくばかりだった。洋次郎は血色のいいメガネの紳士でスーツ姿。イソ子は北海道に多いあっさりした和風の顔だちで、髪を後ろにまとめ、裾にだけ紅のはいったグレーの和服を着ていた。

――そのほか、この事件を浩平が一人で立案・実行したとは考えられない状況もある。監禁の期間もまる一日程度で、比較的短い。また、最初久美子が深く考えずに浩平の部屋へついていった、という事実は久美子の側の反省材料になる。以上の点を総合的に判断すると、東京の基準で考えても、慰謝料はせいぜい五十万円程度であろうと判断される。

「わかりました」と洋次郎がようやく顔をあげて言った。

「まだもうすこし、つづきがございますが」と千鶴はにこやかに言った。「藤田さんからの慰謝料は、被害者である島村久美子さんに支払うのか、それとも久美子さんのご両親に支払うのか、二とおりの場合が考えられます。現在島村さんが何も言ってきていないところから考えて、そのどちらを選ぶかは、こちらで選択することもできます。当然、十六歳の久美子さんに支払う場合のほうが、慰謝料は少なくてすむと――」

「いや、それは」と洋次郎はうめくように千鶴をさえぎった。

洋次郎の紅茶の白いカップがかたかたと揺れるのを、ほかの三人はそれぞれに見た。

「お支払いするのは、どちらにたいしてでもけっこうですけれども、私どもはその、適当な額をご教示いただければそれでよろしいわけで、それ以上のことは、かえって心残りになっても何ですから……」

「そうですか。五十万円ということでよろしいですか」

「はい」

「それでしたら、まったく問題はありません。島村さんにはよくご説明して、きっとご了解いただけると思いますわ」

「どうぞよろしくお願いいたします」

千鶴は東京から用意してきた示談書三通に金額を書き入れ、藤田洋次郎に署名捺印を求めた。

署名がすむと、島村義夫宅を洋次郎が訪問する日程が相談された。洋次郎は、水曜日が休診日なので、翌々日、九月二十五日の午後四時ごろでどうか、と言い、そのようにお伝えしておきます、先方のお返事は電話ででも、と千鶴は言い、夫妻はそろって頭を下げた。もちろん、五十万円で手を打てばいいのなら、わざわざ東京から弁護士を呼ぶ必要もなかったのだが、藤田夫妻は東京での相場にもとづいて算定してもらえて安心したようだった。

示談書をアタッシュケースにしまってから、庭の眺めについて千鶴は洋次郎や私としばらく話した。そのあいだ妻のイソ子は笑みを浮かべながらも、かねて法律家にたずねたいと思っていた問いを、心の中でもてあそんでいたようだった。やがて、

「……あの」と眉を寄せながら彼女は言った。「私ども何もわからないものですから、あの、浩平は……前科者、ということになりますのでしょうか」

「はい？」と千鶴はとっさに意味がわからなかった。

「その、誘拐事件のことですけれども。ただ一回電話をかけただけですので、あの、あの子の出来心ではなかったかと……」

「電話は一回でも、先方のお嬢さんを一昼夜も縛りつけておいたんだからね。おまえにだって前もって電話があったんだろう？」と洋次郎が言う。

「ええ。『しばらくはこっちへ来るな』って。そんなこと言われなくたって、めったなことじゃ行きやしないのに。怒られるだけだから」

「ですからやはり、本気だったんでしょう。つまりあいつは、犯罪者として死んだと、こういうことですよね」と洋次郎はあえて強いコトバを選んで言う。

千鶴は私と顔を見合わせてから、

「はい、あの、前科ということにはもちろんなりませんけど……はっきり申しますと、監禁罪はすでに成立しています」と言う。私だって同じことを答えざるをえなかっただろう。

「それから電話をかけた時点で、身の代金目的の誘拐、法律では略取と申しますけれども、これも既遂と見なされます。ですからその意味では、浩平君の罪は罪として……」

千鶴が言いおわらないうちに、イソ子はしゃくりあげるように泣き出す。胸もとからハンカチを出すのも間にあわない。洋次郎は赤らんだ顔をまたすっかりうつむかせ、両手を膝の上に必死に突っぱらせているだけで、妻にかまう余裕はない。

私も千鶴も何と言っていいのかわからない。口ごもるように、ほんとうにお気の毒です。ただでさえお悲しみのところへ……などと交互に言っている。

やがて洋次郎がゆっくり話しはじめる。

「……私ども、浩平が殺された、誘拐が電話一回だけで中断した、ということで、ひょっとすると浩平が、自分たちのしていることを一人で後悔して、やっぱりやめようと言いだして、それが仲間には通用しなくて、ケンカになったのではないかと、そんなふうに……せめてそんなふうに、考えられたらいいな、と、二人で話しあっておりましたものですから」

「そうだったかもしれませんわ」と千鶴は夫妻をはげます手がかりを与えられたように思って力をこめて言う。

「どうも浩平君の事件は、誘拐の目的が不一致だったとか、いずれにしても浩平君が共犯者たちの意図を十分に理解しなかったところから生じたのではないかと、これは捜査本部でも考えていることなんです。そういうふうにお聞きになってません？」と私も補足する。

「は、いいえ、警察の方は一度ご挨拶に見えただけで、捜査の中身については、私どももただ新聞に出ている程度のことしか……」

「そうなんですか」

「浩平は誘拐の犯罪者だから、警察も親身になってくれないんですよね」とイソ子夫人は夫に言う。

「そんなことはないですよ」と千鶴は捜査本部を弁護する。「私も一部見せてもらいましたけど、いままで膨大な量の捜査をしてきましたし、いまでもそれがつづいているんですよ」

「なんだか暴力団がからんでいるという話ですから、なかなか犯人は、わからないんでしょうねえ」

「まだ絞りきれていないみたいですね。でも中心になっているのは、加藤光介という男ではないかということで……」

すると洋次郎が私たちを交互に見て、涙顔の奥から意外な反応を見せる。

「加藤？　加藤ってひょっとして、長万部《おしやまんべ》の加藤ユキさんの息子さんですか」

千鶴にはオシャマンベというのが地名であることすらすぐにはわからない。

紅葉の色と紅茶の色が共鳴しあって、飲むとからだに秋がはいってきそうな小春日和だ。

それから洋次郎は事情を語った。すこしでも息子の汚名をそそげるかもしれないという期待が、彼をしだいに元気づけていたのかもしれない。

浩平が北大の裏手にあたる桑園駅近くのアパートで一人暮らしを始めたのは三月だった。それ以来、父親洋次郎と顔をあわせる時間帯に実家に帰ることはなく、ときおり昼間帰ってきて母親イソ子の手料理を食べたり、小遣いや差し入れの品を受け取ったりするだけだったが、六月のある日、父親に相談があると言って夜になってからやってきた。何ごとかと思っていると、浩平が遠慮がちに語ったところによれば、世話になった先輩の母親が、妙な微熱が続いて体調がすぐれず、地元の長万部の病院でもはっきりしたことがわからないため、先輩が心配して、札幌の大きな病院で診てもらってはどうかと考えている。ついてはお父さんから、だれか適当な医者を紹介してもらえないだろうか。費用はもちろん先輩がもつと言っているので心配はない。

洋次郎は即座に、そのお母さんを私のところへ連れてきなさい、と言った。

「浩平がまともに私と話をしたのは、一年か二年ぶりのことでしたから、私もうれしかったんですね。どんな事情かはともかく、私を頼りにして、話をしてくれることがですね」

うなずいたイソ子夫人は、声をたてずにひっそりと泣いていた。

洋次郎はできれば長万部の病院のカルテと保険証を持って、いつでも自分の病院に来なさい、と先輩に伝えるように浩平に話した。熱があるなら受付で言えば、すぐに中へはいれるようにしてあげよう。

「その先輩のお母さんというのが、加藤光介の母親だったわけですか」と千鶴。

「いいえ、私は光介という名前そのものは聞いた覚えがありません。ともかく加藤という先輩ということで、その話があってから一週間ぐらいしてから、電話があって、『あした先輩がお母さんを連れていくから』ということで、やってこられたのが、加藤ユキさんという女性とその息子さんでした。最初の検査のときと、結果のときと、二度ともそうでした」

「結果が出たのはいつごろですか？」

「ええと、六月の下旬だったですね。調べればすぐにわかりますが」

千鶴はきのう私があげた書類セットの中からあわてて加藤光介の写真を探し出して洋次郎に見せた。

「はい、この人ですね。病院へ来たときは、きちんとスーツを着て、礼儀正しく挨拶をしていましたけど」

「警察にはその話をなさってないわけですね？」

「はあ……なにしろ加藤という名前を聞いたのは、いまがはじめてですから」

「トウダイモト暗シ、ってことですわね。それともこっちでは、ホクダイモト暗シ？」

「いいの、トウダイで」と私。

「ともかく私から、捜査本部に伝えましょうか。もちろん加藤ユキさんのプライヴァシーには十分に注意いたします」

「はい。しかしそうすると、その人がいま問題になっている暴力団の人物なのですか？」

「そうなんです。とくに加藤が浩平君になにか秘密の相談をしてたという話が、一つの焦点になってたらしくて」

「そう言えば、最初に浩平と話をしたとき、先輩がこの件はくれぐれも内密にしてほしいって言ってるって、浩平は念を押してました。患者の話を医者が外でするはずはないんだから、心配するなって、そう言っておいたんですけど」

「そうすると、浩平はやっぱり暴力団と……」とイソ子夫人がハンカチの陰から千鶴を見あげて言った。

「ちょっと知りあっただけですよ、きっと。むしろ浩平君のお父さまがお医者さんだから、それで見こまれて相談されたんだろうと思います。で、加藤ユキさんは、その後どうなりました？」

「検査の結果が思わしくありませんでね。場所は肝臓なんですが、非常に見えにくいところにおそらく悪性の腫瘍があって、これが悪さをしているのではないかと思いまして、そういう診断を書いて、北大病院のほうへ紹介しました。入院が七月の十日ごろでしたか。その後手術をなさったことだけ聞いておりますが」

「お父さまは北大のご出身なのですね？　浩平君も、北大をめざして勉強してたみたいでしたよ。ゆうべ彼の友達がそう言ってました」

すると藤田医師は妻と顔を見あわせながら気弱く笑って、

「いやあ、それは一人暮らしの口実なんですよ。私の目がうるさいものだから、飛びだしていきたかったんです。その口実のために、検定試験を受けて北大を受けるなんて、調子のいいことを言っただけなんです」

「それが、意外に本気で勉強してたようなんですよ。きっとまだ、グラグラしてたんでしょうけどね。クラーク博士の顔のついた、北大のノートなんかも愛用してたらしいですよ」と千鶴はせめてもの情報を伝える。すると夫妻とも、しばらくポカンとして、それからはあふれる涙をぬぐおうともしなかった。

「すみません、ちょっと……」

「いいえ、こちらこそ、お慰めを申しあげるつもりで、つい……」

「たいへんありがたい、うれしいお話なんです。……私の罪が、それだけ軽くなる気がしまして」

「罪だなんて。……お父さまのしつけが、ちょっと厳しかったんですか？」

洋次郎はいく度かうなずいてから、

「とくに勉強のことで、中学生のときにだいぶやりあいまして……」

「あなた、悪いのはあなたじゃありませんわ」とイソ子夫人が夫の腕に手をふれ、千鶴にうったえるように、

「浩平が亡くなってから、主人はおかしくて……自分を責めてばっかりで……」

「だって、あれが浩平からの虫の知らせだったんだよ。私、ちょうどあの子が亡くなった時刻ごろ、ゴルフ練習場の金網で手を切ったんです」

「またそんなことをおっしゃって」

「でもそうなんだよ。……浩平がせっかく知らせてよこしたのに、私はその意味が読み取れなくて……」

「無理ですよ、そんなこと」

「中学校のときの、田丸先生じゃないんですか、問題だったのは」と私はあらためて言ってみたが、イソ子夫人は首をふった。

「いいえ、浩平は田丸先生のせいにしてましたけど、それはただのキッカケなんです。もともと、私があの子を甘やかしすぎたのがいけないんです。私、マシケのほうのイナカ育ちなものですから、札幌の子供たちのことはよくわからなくって……」

「いや、悪いのは、私一人なんだ」と洋次郎がきっぱりと言う。

顔を上げた洋次郎のメガネは、水をくぐったようにキラキラ光っている。


藤田家を辞すると、千鶴はさっそく公衆電話から円山署の上原警部補に電話をかけて、加藤光介の母親の話を伝えた。

「きっと加藤は、暴力団の幹部が自分の母親の病気を心配してるんじゃシメシがつかないと思って、周囲には秘密にしたんですよ。……浩平は加藤に言われて、光栄に思ったんでしょうね、ふだん口をきいてなかった父親にわざわざ相談に行ったくらいですから。……でも確認を取るときに加藤本人に直接問いただすのは、くれぐれも気をつけてくださいね。患者のプライヴァシーがありますから」

そんなことを話す千鶴の口調は、札幌に来てからいちばん華やいでいた。

電話を切ってからは、

「加藤光介の線はこれで終わりね。母親の件で世話になった男の子を、月も変わらないうちに誘拐に誘いこんで、いくら仲間われしたからって、殺すはずはないもの。しかも事件の日には、加藤のお母さんは、北大病院にまだ入院中だった可能性が高いじゃない」

「やったじゃない、名探偵」と私もうれしくなって言った。「でも加藤はあなたのお気に入りなのに、犯人じゃなくなってもいいの？」

「そうね。……べつのやりかたで逮捕しちゃおうかな」と千鶴はイミシンなことを言って笑った。

犯人が加藤光介でないほうが、事件はずっと複雑になるのだ、ということを、すくなくとも私はそのときまったく考えていなかった。


その次の予定は島村義夫宅訪問だった。

2　久美子

犯人が加藤じゃないなんて、そのときわたしは知らなかったから、まだ見たことなかったけど、もし見ちゃったら、それで声に聞き覚えみたいなのがあってフラッシュバックしたらどうしよう、ってずっと思ってた。だって、ほかの人は犯人をつかまえればそれでいいかもしれないけど、わたしにとっては身の安全だってかかってるわけだからさ。

人の声って、だけど、記憶に残らないよね。どんどん消えていく。コトバならいつまでも残るのにね。だいたい記憶って、意外に不自由なものだよ。忘れたいことはなかなか忘れられないし。

はやく書いてバイト行かなくちゃ。でも。

わたしの出番、まだけっこうあるからなー。ほんとにこんなこと書いてて、犯人わかるのかな、とか思っちゃう。だいたいわたし、里緒先生みたいに漢字たくさん使って書けないしね。

たぶん、っていうか、親のこと書くのってマジ恥ずかしいんだよね。とくにウチの場合はね。お父さんはえへらえへらするし、お母さんはしゃべりすぎるし。あ、そんなこと言っちゃいけないかもしれないけど。

しょうがない。千鶴先生がうちに来てからのことをなるべくくわしく書きます。なるべくそのときのままの気持ちになって。

とにかくあの日、お父さんはいなくてもいいと言うのに仕事をズルけていすわってて、一時間も前からテレビをつけたり消したりそわそわして、「いくらだと思う。五万か。ひょっとしたら十万までは出すかな。おまえどう思う」なんてお母さんに言って、

「どっちだっていいじゃないの、むこうの気持ちなんだから」とお母さんが言うと、

「それにしたって、たっぷり一晩カンキンされたんだからな」

「されたのはわたしなんですけど」

「だから久美子にはちょうどいいおしおきなんですよ」とお母さんはパフをはたきながら言う。

「そう、おしおきだ。そうするとやっぱり、久美子にはこのカネは分けないほうがいいな。味をしめるといけねえからな」ってお父さんはにやっと笑ってんの。

　いざ千鶴先生があらわれると、先生が車椅子だって言うのをすっかり忘れてたので大騒ぎになって、室内用の折りたたみの車椅子を運転手の人が出して、先生はそれに乗りかえたけど、タタミの上で場所が決まるまで、チャブ台を動かしたりザブトンを運んだり、いろいろだった。お父さんは、

「どうもわざわざ、え、どうもすいません」とか頭をかきながら、先生が持ってきたお菓子の紙ぶくろを、まるでそこに現金がはいっているみたいにじいっと見てた。そうかと思うと、

「きのうはうちのバカ娘がごちそうになったそうで、どうもすいません」とか急にあいさつしてた。

　お父さんはトレーナーにいつもよりはマシなセーター。お母さんはお店に出るしたくをして黒のワンピースを着て、香水もふってたけど、千鶴先生のとはぜんぜん違う安物だからはずかしかった。

わたしはお茶を入れにキッチンに行った。

「藤田さんからも、久美子さんにはくれぐれもお詫びを……」とか先生が言うと、

「はい、どうも、えへへ、ウチでもびっくり仰天しましてねえ。すぐそこの交番にすっ飛んでっておまわりに言うんだけど、このおまわりがまたアタマ悪いのなんのって――」

「何言ってるの。アタマ悪いのはおたがいさまじゃないの。ねえ、先生」

うちのお父さんとお母さんはキゲンがいいときはこういう漫才モードになるので『志津』の名物なのでした。

「あの、ゆうかいの電話を受けられたのは、お母さまじゃないんですか」

「そう、あたしなんですよ」とお母さんは膝をにじりよって、

「最初その、浩平さんですか、あんまり早口なんで、何言ってるんだかわかんなかったんですよね。娘をどうしたこうした、って。あたしはまたてっきり久美子がマンビキでもしたかと思って、そっちのほうで動転してたら、今度は久美子がしゃべりだして、『一千万用意しろ。警察には知らせるな』って、それでガチャッと切っちゃうでしょう。『なーにとぼけて、この、一千万だなんて、そんなカネうちにないのわかってんだろう』って、切れた電話にむかって怒鳴ってたんですよ、もう」

「交番から連絡が行って、録音装置とかを持ってやって来たんですね？」

「そうです、そうです。あたしらふだん、交番のおまわりさんはよく見ますけど、青い作

業服着た人がたって、見ませんものね。テレビのサスペンス劇場とおんなじ格好して、持ってみえた機械も大っきな機械で、なんぼでもイヤホーンがつけられるようになってるんですよね」と、お母さんはむかしの札幌弁を丸出しにする。

「その人がたがここでジッパリ、徹夜する覚悟だったもなあ」とお父さん。

「だったもなあ、じゃないわよ。あたしが早じまいして帰ってきたら、シーンとして、黙ってここに二人座ってるんですよね。青い服が。あら、お父ちゃんどこ行ったかしら、と思ったら、奥でフトン敷いて、グーグーいびきかいて寝てるんですよ。あたしは情けなくて情けなくて、もうフトンごと蹴とばして起こしてやりましたよ」

「それがそうじゃねえんだよ、おまえ、何べん言ったらわかるんだよ。あのおまわりたちが、『今夜はもうお休みになっていいですよ。電話はかかってこないでしょう。まんいちのときはすぐ起こしますから』って、何回もそう言うから、おれも警察のジャマをしちゃいけねえな、ってそう思って――」

「なにが警察のジャマをしちゃいけないだよ、いつもジャマばっかりしてるくせに。あたしはあいた口がふさがらなかったよ」

「お母さまはお店を休まれなかったんですか？」

「それが、休めばよかったんですけど、どうしても九時まで大事な予約がはいってましして、だからあわててお父ちゃんを探して、あっちに電話したりこっちに電話したり、ようやくつかまったと思ったら、どこにいたと思います？　仕事が早くすんだからって、明るいうちからマージャン店にシケこんで、チーポン、チーポンやってるじゃありませんか。それでもって、『あなた、大変よ、久美子がゆうかいされたみたいだから、すぐ帰ってちょうだい』って言うと、『ウソだろ、おまえ。熱でも出しただけなんじゃないのか』って、てんで本気にしないから、『なんでもいいから、きょうだけはすぐ帰ってちょうだい』って、もう涙声になって頼んでも、『いまビール飲んだとこだもの、すぐには帰れねえべよ、赤い顔してバイクには乗られねえべ』って、そんな調子だから、あたしも頭にきて、『ちょうどいいわ、いま警察呼んだとこだから、ついでに酔っ払い運転で逮捕してもらってちょうだい』って、それでようやく『なんだかわかんないけど、とにかく帰るわ』っていうんで、話がついたんですよ」

なにしろお母さんはこの話をお店で何度もしてるから、すっかり慣れてるし、だんだん話がおもしろくなっている。

「そうすると、要求された身の代金は、用意されなかったんですね？」

「そうなんですよ。もう銀行は閉まってましたし、この人が『とにかく本当かどうかわかんないんだから。おまえの聞き違えかもわかんないし、ただのイタズラかもわかんないんだから、もう一回電話あるまで、待ったほういいぞ』って言うもんですから、警察の人とも相談して、印鑑と通帳ありったけ用意して、電話待つことにしたんですよ。そしたらあたしが帰るのを待ってたみたいに電話がかかってきたと思ったら、『こちらは円山警察署です。娘さんは無事救出されました』って言うからもうびっくり。すぐこっちの青い服が電話ひったくって、『現行犯逮捕ですか』ってきくと、『いいえ、殺しがありました。娘さんは無事でしたが、犯人の一名が死体で発見です』だって。もうなにがなんだかわかりゃしない」

千鶴先生はきっと島村家全員バカだと思ったに違いないけど、笑いながらしばらくお母さんのサービス話を聞いてから用件にはいった。島村家の三人は急にシーンと黙りこんだ。お父さんがゴックンとツバを飲みこむのも聞こえそうだったよ。

「……私のほうで全国の事例を調べまして、今回の事件のいろいろな要素をあてはめて客観的に検討しましたところでは、相場の上限と申しますか、この金額ならば久美子さんにたいする慰謝料として、どんな弁護士でも専門家でも、合意するだろうという額が……

(ゴックン)……五十万円」

「五……」とお父さんは言いかけて、あわてて口をつぐんだ。

わたしら三人の目の輝きは、合わせればトーストぐらい焼けたと思う。もちろんわたしもルンルンというかランランだった。わたしに何割はいるかはまだ決まってなかったけど、すくなくても十万ははいるだろう。だってもともとわたしが稼いだも同然のおカネなんだもん。

「それを藤田さんにお伝えしますと、それではそのとおりにお支払いしたい、ということでした」

「やったー」とわたしは思わず言った。

「こら、久美子」

「でも、そんなによろしいんでしょうか？」とお母さんがかえって不安がると、

「いいんだよ。むこうは宮の森の医者なんだから、カネ持っていやがるんだからさ」とお父さんが本性をあらわす。

「念のために申しますが、この金額でご不満がある場合には、そちらで弁護士さんを立てて交渉していただいてもけっこうですが――」

「いやいや、そんな必要はねえですよ。弁護士なんか雇ったって、ピンハネされるだけなんだから。ねえ、先生。五十万で上等ですよ」

「久美子さんはいかがですか？」

「ぜったいいいです」

「それでは、この書類に署名をお願いできます？」と千鶴先生は示談書を出した。

「おい、チャブ台、チャブ台」ということで、お茶をひっくり返したりボールペンを探したりしてからお父さんとわたしの署名ナツインがおこなわれて、島村家はニンマリため息。

「ありがとうございました。それでは日時についてですが、あさって二十五日の夕方か夜

はいかがでしょうか」

「あさってですか。ちょっとその日は昼から用があって――」とお母さんが言いかけると、

「いいよいいよ、おれが会うからさ」とお父さんは言い、ゆっくりと灰皿を引き寄せてタバコに火をつける。

「あんたでだいじょうぶ？」

「だいじょうぶもなんも、ただお詫びにくるだけなんでしょ？　わかりましたって、おとなしく聞いとけばいいんだろう」

「ご両親はどちらかでもよろしいんですが、久美子さんはその日、ご都合はいかがですか？」

「なん時？」

「そしたら、四時ということにしてもらえますか。四時なら間違いなく帰ってきますんで」とお父さん。

「久美子さんは？」

「出かける用事あるけど、でもちょっとだけいればいいんでしょ。五分か十分」

「そうですね――」

「じゃないと、お父さんに全部取られちゃうと困るから」

「バカやろう、たまにいいカネになったからって、調子にのるんじゃねえ」

「ちょっとやめてよ、先生の前で」

「それじゃ、あさってての四時ということで、久美子さんとお父さまと、ご在宅お願いします」

「へへへ、ご在宅ってほどの家じゃないけどね。わかりました」

「久美子だって落ち度があったんですから、あんまり気になさらないように、藤田さんにはくれぐれもよろしくお伝えくださいね」とお母さんは急にしおらしいことを言った。そんなふうに言ってももうだいじょうぶだと思ったのだろう。

それで一段落してから、

「いやしかし、先生さ、こんなこと言っちゃってナンだけど、色っぽいねえ」

「あんた、やめなさいもう」

「いや、褒めてるだけだもの、いいじゃねえか、ねえ先生」

「あ、ありがとうございます。あの、ちょっとうかがってもよろしいですか」

「なんでしょう。先生にきかれるんなら、なんでも答えちゃいますよ」

「ありがとうございます」

一千万円のことをきくのかと思っていたら、そうじゃなかった。

「マップっていう町は、ご存じですか？」

「マップ？　はあて。このかいわいですか？」

「深川ってとこの近くらしいんですけど」

「深川ならときどき通るんだけどな。そのずっと先の、ピップって町なら知ってますよ。旭川の先ですけど」

「ピップ」

「マップとピップじゃ、違いますものねえ」とお母さんはあたりまえのことを言う。

「島村さんのご出身は、そのピップのあたりなんですか？」

「おれの？　いや、おれはムロランです」

「ムロラン」

先生の唯一の弱点は北海道の地理らしい。ぜんぜん電気のつかない顔をしている。先生は質問を変えて、

「加藤光介さんて方は、ご存じですか？」

「加藤光介？」と言うと、お父さんは先生をじろじろ見つめた。「会ったことはないですよ。ないけど、ちっと気のきいた地元の人間なら、名前ぐらい知ってますよ。ははあ、今度の事件で新聞に出てた暴力団ってのは、やっぱり加藤のことなんですね？」

「いや、そうじゃないんです。加藤さんが無関係だってことは間違いないんです。じゃあ、津野正一さんは？　ご存じですか？」

「先生、なんだっておれが誰それを知ってるかなんて、調べたがるんです？」と言うとお

父さんはだんだんいけない顔をした。「しかもサツで出てきたのと同じ名前を出しやがる。先生、サツ行って、なんか吹き込まれてきたんじゃないだろうね」

「いえ、ぜんぜん」と先生は言った。

お父さんは先生をじろじろ見つめた。いけない空気が流れた。わたしは凍った。

「先生、かわいい顔して、サツのやることなんかにクビつっこまないほうが、身のためだよ。それでなくたってこっちは、このバカ娘が根も葉もないことを言うもんだから、ひでえ迷惑をこうむってるんだ。まるでおれが犯人の一味じゃねえかって、そういう扱いをしやがるんだぜ」

「あんた、もういいよ」とお母さんは下をむいたまま言う。わたしは凍っている。

お父さんは一回深呼吸をする。

「まあ、せっかく迷惑料をいただけるって話を持ってきたんだから、おれだっておとなしくアタマさげておくさ」

そのとき棚の上の電話が鳴った。お父さんがそれに出た。

「もしもし……おう、厚《あつ》さんか」いつもの北山さんだった。「……あとにしろよ。まだ弁護士の先生がこっちにいるからよ。……え。……五十。……五十だよ。……ああ。……とにかくあとにしろよ。先生が帰ったらすぐそっちへ行くからよ。……ああ」と言ってお父さんはガチャンと電話を切った。

「失礼いたします」と先生はあわてて言って、運転手の人を呼んでくるようにわたしに頼んだ。

わたしは先生が帰ってからが大変だった。お父さんは機嫌が悪いのをいいことにして、五十万の分配について話をしようとしないで、そのままスイッと出かけてしまった。お母さんもなにも言わないでお店に行ってしまった。わたしがあんなに苦労して手に入れたおカネなのに、と思うとしみじみ泣けてきたよ。

3　里緒

私が円山署で千鶴とまた待ちあわせたのが五時だった。

捜査本部は千鶴がもたらした加藤光介の母親の情報には降参するほかなかった。上原哲也警部補は、とりわけ感心した一人だったようだ。千鶴がやってくるまで、私は上原警部補とさしむかいで、千鶴についてあれこれ質問されたり、札幌の暴力団事情について説明してもらったりしていた。

千鶴が到着すると、警部補はていねいに謝辞を述べ、捜査本部としては母親イソ子に浩平の交友関係をきいたが、何もわからないと言うのでそれきりになり、まさか父親から加藤光介の名前が出てくるとは夢にも思わなかったので、と弁明してから、

「ウラはね、すぐ取れました」とうれしそうに言ってあらためてメモを読みあげはじめた。

「加藤光介の母親が加藤ユキ、五十六歳、本籍長万部町。北大病院第二内科の入院が、七月十日、藤田洋次郎からの紹介状を持参、と。同二十三日、肝臓手術。事件の四日前ですね。以後入院加療を続けて、退院、九月六日」

「加藤光介の線は、これで消えるんじゃありません？」

上原警部補は素直かつにこやかにそのことを認めた。

「そう、わざわざ札幌まで親を呼んで入院させといて、片方で面倒くさい事件を起こさなくてもいいんでないかと。しかも被害者は、紹介状を書いてもらった先生の息子だと。ぼくはもう加藤の線は捨てました、ここだけの話」

ただ母親の入院が、曖昧だった加藤のアリバイを立証してくれるものでもない以上、捜査本部としては彼をすっかり埒外《らちがい》に置くこともできない、ということだった。加藤自身が望まない突発事故のようなかたちで事件が起こったかもしれないからである。


加藤の容疑うんぬんはともかく、私は私でそのとき、宮の森東中学の暴力教師問題に関して、ちょっとした「新情報」を持ってきていた。ちょうど千鶴が島村家を訪問しているあいだごろ、田丸耕治から事務所の私に電話がかかってきていたのだ。私はそのときの会話の録音テープを持参していた。当面浩平の事件とそれがどの程度かかわっているかは不明だったが、千鶴が来ていたせいなのか何か勘のようなもの、というより空想のようなものが働いて、その二つを結びつけて考えてみてはどうかと思ったのだ。

田丸耕治は大学時代に野球選手だった体育の教師で、小柄ながら腕力には自信があった。最初東京の中学校に就職したが、暴力事件がもとで学校にいられなくなり、札幌に帰って母校の宮の森東中に勤めた。結果は同じ、あるいはもっとひどくて、鉄拳制裁は日常化され、ときには生徒の鼓膜が破れたり、反抗心から不登校になったりした。五月、殴られて鼻を骨折した生徒の父母が田丸を訴えると言い出したところ、賛同者がふえて、連絡協議会ができ、その代表が私の事務所の先輩の友達だという縁で、私が話を受けることになった。

その時点で鎌田誠一郎校長と田丸耕治の言い分は、骨折の生徒には謝罪し、費用を弁済するから表ざたにしないでほしい。田丸としては荒れはじめた学校の規律・風紀を守っている面もある。多くの父母は学校をスキャンダルの場にすることを望んでいない。というもので、鎌田校長はソファからおりて土下座までして和解を求めたが、もちろん私は聞きいれなかった。とりあえず被害の上申書を作ることになり、宮の森東の卒業生・在校生に何十人も会って話を聞き、そろそろ記者会見でも開こうかと思ってるうちに、私自身の事件、それから藤田浩平の殺人事件が起きた。

連絡協議会の代表によれば、代表は藤田浩平が田丸のかつての被害者の一人であることを知り、藤田宅に出むいて洋次郎・イソ子夫妻にも上申書の作成を勧めた。六月のうちのことである。夫妻は田丸教諭の懲戒免職にはむろん賛成なのだが、浩平の場合には問題が物理的な被害ではなく、嫌気がさして不登校になったについては本人の態度にも問題があったと考えているから、と言って、協議会には参加しないことになった。浩平のほかにも、宮の森東の生徒の中には、不良の素質を持った子が田丸と衝突した結果、腹いせに事件を起こしたり、不登校になったりするケースがあった。加藤光介の傘下の津野正一もその一人で、津野も連絡協議会には参加していない。

その後、連絡協議会の父母からもたらされた情報として、田丸が札幌市中等教育委員会の大城《おおしろ》祥《さち》子《こ》委員長の縁戚であることが判明していた。東京で問題を起こした田丸を母校がすんなり引き受けた事情についてはこれで納得がいく。大城委員長と鎌田校長とのあいだでどのような話しあい、取り引きがおこなわれたのかはわからないが、ともかくも大城委員長は二度めのチャンスを田丸に与えようとし、鎌田校長はその意向を汲んだのだろう。

さて、その日思いがけず私に電話をよこした田丸は、もちろん不機嫌そうだったが、それだけではなく、いくらか途方に暮れた口調でもあった。私は予備的な説明を終えると電話の録音テープを再生した。

「岡本《おかもと》です」

「田丸だけど」

「あ、おひさしぶりです。お元気ですか？」

「え？　そんなことはいいんだよ。あのさ、あんたらの協議会ってのは、まだ活動してるの？」

「ええ、もちろんですよ。ご心配なく」

「だったらさ、告訴でもなんでも、するならさっさとやってよ、正々堂々と」

田丸の口から「正々堂々」というコトバが出るとは思わなかったので私は笑った。

「だってね。ただずるずる引き延ばされても、こっちは迷惑するだけなんだからさ」

「あら、そうですか」

「そうに決まってんだろう。このままいろんな話が広まればさあ、中には変な野郎の耳にはいって、面倒なことにならんともかぎらんでしょう。わかる？」

「変な野郎って、誰のことです？」

「誰とかじゃなくてさ。あんたのほうで、この話が誰の耳にはいったか、そういうことをちゃんと把握してるの？　してないでしょう？」

「噂までは把握してませんけど、それは身から出たサビなんじゃありません？」

「あんたの説教聞きたくて電話したんじゃねえんだよ。ちゃんと考えてよ」

「考えるって、何を？」

「だからさあ。……こっちの弱みにつけこんで、横からこそこそ、火事場泥棒みたいなことをするやつが出てくるわけだろう」

「火事場泥棒？　詳しく話してくださいよ。なんでしたらあした私、鎌田校長に会いに校長室へうかがうことになってますから――」

「校長は関係ねえよ。たとえばの話をしてるんだよ。とにかくそういうけしからんやつを、あんたらのほうでちゃんと注意して、つまみ出すなり、警察に突き出すなり、してくれりゃあそれでいいんだから。わかった？」

「まさか何か恐喝めいた話があったなんて話じゃないんでしょうね。田丸さんがそんなものに乗るはずもないし」

「おれが乗らなくたって、中には穏便に済ませたいと思う人だって、いるかもしれないじゃねえか。そういう人に、あんたらが迷惑をかける権利なんかないんだよ。わかる？」

「ご迷惑をおかけしましたか」と私は下手に出て言った。

「そうだよ。あのさ、今はおとなしくしてる人ほど、怒ったら怖いってこと、考えたほうがいいよ、あんたも。歯向かったら仕事できなくなるよ。それについちゃ、あんた、身に覚えだってあるんじゃないの？」

「は？　七月の通り魔のことですか？　田丸さん何か知ってるの？」

「知ってるはずないだろう。ただそういうことが本当に起こったら大変だから、あんたのほうもよく考えて――」

「本当に起こったらって、本当に起こったんですよ。鎖骨にヒビですよ」

「そんなことは知らねえよ。おれが言うのは、とにかく穏便にするのがいちばんなんだから、余計な連中に情報をばらまかないように、こっちの弱みにつけこむやつがいたら、見つけてきちんと処理をしなさいってことなの。わかった？」

「その弱みにつけこむやつって、誰なんですか？」

「だからたとえばの話だって言ってるだろ！　とにかくわかったな！」

電話はそれで切れた。

私たちはテープを二回聞いた。その結果、この要領をえない会話について私たちの当面の推測は一致していた。「穏便に済ませたい人」というのは、鎌田誠一郎校長、あるいは中等教育委員会の大城祥子委員長だろう。そのどちらかが、何者かから田丸問題をめぐって恐喝、あるいは何らかの圧力を受けて、田丸本人に苦言を呈したのだろう。

ただし、すでに四か月前に連絡協議会が結成されて上申書が作成されつつあるこの問題が、恐喝のタネになどなりうるのだろうか？　田丸自身も言うように、宮の森東中の在校生や卒業生、その父母をつうじて今ごろはかなり広い範囲に広まっていると考えられるこの問題に、秘密の要素はもはやほとんどありえない。大城委員長の耳にもこの件はとっくに届いているはずだ。あらためて何者かに恐喝されたからと言って、相手にする必要はないし、することは無意味だろう。やがて記者会見が開かれれば、すべては明るみに出されてしまうのだ。

恐喝でないとすれば、鎌田校長や大城委員長に、早く田丸を処分しろ、という圧力がかかったということなのだろうか。それも妙な話だ。田丸の処分はもとより連絡協議会の目標の一つなのだから、そんな圧力は「火事場泥棒」のように田丸の弱みにつけこんだことにはならない。学校や中等教育委員会の名誉を守るために、連絡協議会にたいして先手を打って田丸を処分しろ、という声があがるとすれば、それはむしろ大局的な、賢明な判断と言うべきである。

「田丸の問題に、まだ里緒が把握してないような深刻な背景がからんでる可能性はないのかな」と千鶴は言った。きのうから彼女と一緒にいて、彼女が一点を見つめながら考え考えしゃべっているときは、こちらが返事をしなくても、彼女自身がその続きを補ってくれることを知っていたので、私はだまっていた。上原警部補もだまっていた。するとやはり、

「たとえば東京で、田丸の暴力がもとで生徒が自殺したとか。それをネタにして、連絡協議会にバラすぞって脅してるとは考えられないかな。でももしそうだとすると、そういう事件の可能性をほかならない里緒に示唆することは、田丸にとってそれこそ自殺行為だよね。里緒なんかに相談しないで、さっさと自分でその恐喝犯と話をつけるほうが、ずっと理にかなってる。……それとも恐喝の話はほんとにたとえ話で、本当の狙いは別のところ

にあるのかな。つきあってる女性の耳にはいっちゃったとか。そう言えば田丸は独身？　女性関係は？」

たしかに田丸は独身だが、特定の女性と交際している、あるいはしていた、という話は聞こえてきていない。いっぽうで、田丸がススキノのソープランドやキャバクラなど、風俗店を愛用していることは、わりあい早い時期から知られている。

中学校の教諭が誰に見られるかわからないススキノ界隈に通う、という話に私は驚いたが、事情通に言わせると、それほど驚くべきことでもないらしい。第一に、ススキノ以外札幌市内には同種の店がほとんどまったくない。第二に、ススキノにはあらゆる種類の水商売の店が区別なく混在しているので、通りを歩いているだけなら、どんな店から出てきたところか、見当をつけられる心配もない。そんな説明を私が千鶴にするあいだ、上原警部補はにこにこ笑っていた。

「同僚の先生たちにも、やっぱり嫌われていたの？」

「そうね。連絡協議会に対する反応から言えば、鎌田校長だけは依然として田丸の味方だけど、あとの先生がたは田丸をはやく処分して、騒ぎを収拾してほしいっていうのが本音みたい」

「さてそれで、里緒の推理は？」と千鶴はたずねてきた。つまり、田丸の電話と浩平の事件とがどう関係するか、明らかにせよ、というわけだ。そこが困るところだった。

「田丸は暴力教師として問題になるくらいだから、単純で軽率な男なのね」と私はしぶしぶ口をひらいた。「だから何か事件が起きたとして、鎌田校長や大城委員長がそのことを田丸にくわしく相談しない、という可能性は、かなりあると思うのよ。だから田丸は、何かあったらしいと思うだけで、よくわからないから疑心暗鬼になって、しかたがないので敵方である私に電話してくるほかなかったんじゃないのかしら」

「それで？」

「だから……その相談できない何かっていうのが、浩平の殺人事件にひょっとして関係があるんじゃないかって……」と私は根拠のない空想をそのまま言ってみるよりしかたがなかった。

千鶴は上原警部補と顔を見あわせてにっこり笑った。

「そうなればおもしろいんだけどねえ、ほんとに」と言われて、私も自分の頭をコツンとたたきながら一緒に笑うほかなかった。

でもそれからすぐに、

「岡本さん、こういう噂はご存じですか」と上原警部補がまるで助け舟のように切りだしてくれた。「いや、むやみに表ざたにしてはいかんことでしょうから、そうだなあ、ぼくはこれから独りごとを言いますよ。いいですか。あとでぼくから言質《げんち》を取ろうとしてもだめですよ」

「はい」

「噂によると、大城祥子、市の中等教育委員長は、熱心な教育一家の出身で校長先生あがりの人なんだけど、とある宗教団体に属している。ええと、神道系の、宗教団体としては大手ですな」

「ＰＪ会ですか」と千鶴がたずねると、警部補はイエスと答えるかわりに笑いながらオホンと咳をして、「さて、委員長がそこの信者であることは、それだけだったら格別問題はない。歴代の教育委員長でクリスチャンの方なんか何人もいますからね。だけど、制度上はそれでよくても、世間の受け止めかた、日教組の受け止めかたが、キリスト教と神道ではどうしても違うから、教育委員長がその団体にかかわっていることは、これはなるべくならオオヤケにはしたくない。しかもここで、田丸耕治も親戚だから、同じ宗教の信者であるかもしれない。そうなると……ね？」

「なるほど」と千鶴はさっそくあとの話を引き取って、「田丸と委員長の関係がただの縁戚関係じゃなくて、宗教がらみでとやかく言われるようになると、ＰＪ会にも傷がつくことになる。そういうことですね？」

「ぼくは何も言ってませんよ」と警部補はにやりと笑った。

「いや、それで腑に落ちることがあるんです」と千鶴はつづけた。「田丸は『今はおとなしくしてる人ほど、怒ったら怖い』って言ってますよね。『歯向かったら仕事ができなくなる』とも言ってます。これは校長や教育委員長より、やはりPJ会を指して言ってると考えたほうが納得がいきますよね。要は田丸の問題がPJ会の幹部の耳にはいって、田丸は進退がきわまっちゃったってところじゃないですかね。恐喝があったかどうかは別にして。あ」と千鶴は話しているうちに思いついたらしく、私に人差し指をむけて、

「あなたの傷害事件、PJ会のしわざだったのかしら」

「え、そうなの」

「まあそれはどっちでもいいとして」と千鶴はわざと冷たく私を突きはなして、「それが浩平の事件と、どんなふうにからんでくるんだろう。さっぱりわかんないな」

「私もわかんない」

「からんでくるとすれば、札幌にはめずらしい複合犯罪ですね」と上原警部補もにこにこつけくわえた。

でもPJ会という大きな背景の存在を知ったことは、今後田丸追及をつづけていくうえで何かの役にたつに違いないと思ったので、私は警部補に感謝しながら、録音テープを持ってきた甲斐があったと自分をなぐさめていた。

夕食はサッポロ・ビアガーデンのジンギスカン。警部補もお誘いしたのだけれど、まだ仕事があると言っていた。

ノート　NO.3

1　里緒

千鶴がもうあしたは帰京という札幌滞在の第三日、午前中は二人で宮の森東中の鎌田誠一郎校長と面会の予定だった。

千鶴はなにか作戦を練ったらしく、私はいろいろ指示を出された。

❶そもそも千鶴のほうから里緒に電話をかけてきて、「田丸耕治の問題について、状況を知らせてほしい」と頼んできた、というフレコミにしてほしい。もちろん千鶴は連絡協議会とは無関係。

❷千鶴と私は昔のよしみだけれど、さほど親しいわけでもない。急に押しかけてきたのでちょっと迷惑な感じでいてほしい。

❸あとで私は席を外して、千鶴だけで校長と話させてほしい。

❹「東京弁護士会」の名簿を持ってきてほしい。

何を考えているのだろう、と思ったけど、私が「無関係」でいいのなら、たとえ何かあっても連絡協議会に迷惑がかかることはないだろうと思ってOKした。

校長室というのはどこも学校の建物のいちばんいいところを占めている。校庭の植え木はぜんぶサクラだから、春だったらいい景色だろうけど、今は寒そうな枝にかこまれて、サッカーをしている少年たちと彼らの長い影が動きまわっているだけだった。

鎌田校長はあいかわらず禁煙していなくて、校長室へ来るならおれのタバコぐらいがまんしろ、という嫌がらせみたいに、挨拶もそこそこにまず一本火をつける。

「いや、アメリカの先住民もね、交渉の前にはおたがいタバコを吸ったんですよ。どうです、一本」など余裕っぽく言うけど、「タバコ」のアクセントが英語みたいに「バ」にアクセントがあるのは札幌弁のせいだ。

千鶴はきょうはお化粧もばっちりで、肩パッドのはいったフジ色系のスーツに同じ色のストッキングで、横浜の特選クッキーを持参していた。

最初に私が話したけど、私の用件は短かった。上申書の作成の途中経過と、校長および中等教育委員会の謝罪と田丸耕治の免職を実行するなら、提訴や記者会見の予定を取り下げるかもしれない、という連絡協議会の意向を伝えただけだった。その意向は前にあらかた伝えてあったから、校長の反応も予想どおりだった。田丸は生徒が目にあまるやむをえない場合を除いて、暴力は用いていないと認識している。しかし反省の上にたってさらに調査を進めるから、謝罪の方法をふくめて、この問題は学校側に任せてほしい、というものだった。

それから千鶴が目でわざとらしく合図をよこしたので、私はこの先生が何か別の話があるそうですので、と言って退席した。鎌田校長は驚くかと思いきや、ジャマな私がいなくなるのを目を細めてよろこんだだけだった。

千鶴の作戦は読めなかった。東京の中学校での田丸の行状を知ったかぶりして問題にするのじゃないかしら、と私はぼんやり予想していた。

私はぶらぶらとまた校庭に出た。藻岩山《もいわやま》の紅葉・黄葉がよく見わたせる、少し寒いけどうららかなお昼前。少年たちはサッカーをつづけていた。それから遠くでは、制服の女学生たちが数人、陽なたぼっこのように鉄棒にもたれて、さらさらしゃべったり笑ったりしている。

ここに藤田浩平も、畑中久志や矢部公和もいて、快活なエネルギーを発散する日々をすごしていた。いや、今もいるのだろう。同じような中学生たちが。

――そして私もここにいたのだ、という気持ちがじんわりと湧いてきて私は自分でも驚いた。私の中学は函館の私立の女子校で、ここと は景色がまるで違うけど、中学校の校庭というのは、どの中学校でもなつかしい場所なのだと思えてくる。

――なつかしく思わない人は、おそらく山崎千鶴だ。小学生のときに交通事故にあって、病院と特別支援学級のあいだを行ったり来たりしていたと言っていた。

彼女の中学生時代のエネルギーは、障害との戦いに費やされたのだろうか。それともどうやって発散されたのだろうか。

やがて千鶴が戻ってくると、驚いたことに、田丸耕治に車椅子を押してもらっていた。

田丸は私にわざと聞かせるふうに、

「ほんと、先生があんな虫ケラと友達だなんて、不思議でしょうがありませんね」とにやにやしている。

「でもそのおかげで、こうしてお会いできたわけだから」と千鶴は笑い、田丸と握手したりながながと別れの挨拶をしたりした。ともかく何だか知らないけどうまくいったらしい。

「こらあ、おまえたち、アブラ売ってねえではやく帰れー」と田丸は鉄棒の女生徒たちにむかって声を張りあげた。

女生徒たちはいっせいにこちらに注目したけど、その場を動こうとはしなかった。

すると田丸は近くの小石を拾って彼女たちにむかって投げつけた。さすがに元野球選手なので、小石はビューンと青空に飛びこんで見えなくなったけど、女生徒たちのところまでは届かなかったようだ。田丸は笑っていた。

礼二さんの車に乗り込むと、私はさっそく、

「どうしたの？　どうやって丸めこんだの？」

「簡単よ。田丸の名前には最初から丸という字がついてるでしょ」

それからようやく説明してくれた。千鶴はＰＪ出版という、ＰＪ会の管理下にある東京の出版社の名前を出し、その出版社に関係している知り合いの弁護士の名前を出した。その知り合いに、千鶴は一度会ったきりで、名前も思い出せなかったのだけれど、ゆうべのうちに東京の同僚に連絡してその人物の名前や電話番号を聞き、けさ八時に本人に電話して、名前を出す許可だけは得ておいたという。

「だからまるきりデッチアゲじゃないわけ」と千鶴はしゃあしゃあと言った。

その上で、田丸耕治の暴力問題や連絡協議会の噂が東京のＰＪ会にも流れはじめていて、ＰＪ会の一部では（つまり千鶴が許可を得た弁護士氏は）、会員の不祥事としてこれがマスコミで取りざたされることを恐れている。ただ札幌の一般会員にもできれば内密にしておきたいので、札幌支部を使って事情を調査するわけにもいかず、とりあえず岡本弁護士と知り合いでもある自分（千鶴）が、札幌へ行くついでに事情を聞いてくるように頼まれた。ついては、岡本弁護士からざっと聞いている内容は大筋で間違いないものなのか。そうであれば敗色が濃いので、田丸の処分を本気で検討するなり、なんらかの対抗策を取るなり、対応を早急に考えてほしい。これから大城祥子中等教育委員長にも会いに行く予定である。千鶴はそう述べたてたというのだ。

「信用した？」

「したわよ、そりゃあ。ご不審ならこの名簿で、私が名前を出した人に電話してください、って言ったんだもの」

「だってその人、事情を知らないんでしょう？」

「だいじょうぶ。あとでごちそうしながら説明しとくから」と千鶴はすずしい顔。私はぜんぜん納得しなかったけど、とにかく電話もかけずに信用したらしいので、それ以上追及しないで先を聞くことにする。

校長の弁明はこうだった。田丸自身の報告によれば、連絡協議会はおおげさに騒いでいるだけで、日ごろ非行防止に邁進する田丸を支持する父母や生徒も数多い。被害の上申書もたくさんは集まっていないはずだし、その多くはいわゆる問題児や劣等生のものであるはずだ（私はムカついたけど、千鶴に反論してもしかたがないので黙っていた）。その証拠に、上申書の運動が起きてから三か月もたつのに、まだ集めていると言うばかりで、具体的な手を打つことができないでいるではないか。この件については、札幌支部でも心配するむきがあるが、騒ぎが大きくならないように大城先生ともども十分配慮している。東京のＰＪ会にも心配をかけているとは申し訳なく思うが、しばらく推移を見守っていていただきたい。

そこまでは、想像のつく範囲の返答だった。想像がつかなかったのは千鶴のつぎの質問である。

「そのお返事は、はたして大城委員長の認識と一致しているのでしょうか？」と千鶴はそうたずねた。「東京で聞いたところでは、大城委員長は、今回の問題に関してすでに何者かの接触を受けて、相当の金額を支払っているということではありませんか？　これは何かの間違いなのでしょうか？」

「いや、それは……」と鎌田校長はあわててタバコの火を消して、

「ちょ、ちょっとお待ちください」と校長室を出て行ったそうだ。

かなり長く待たされてから、校長は田丸耕治を連れて戻ってきた。

田丸はキョロキョロオドオド、さらにモゴモゴしていたと千鶴は言う。

校長はハンカチを握りしめ、しきりに額の汗をぬぐっていた。挨拶もそこそこに、

「君から説明してさしあげて」と校長に言われると、

「は、あ、あの、申し訳ありません！」と田丸は土下座をした。

「いえ、そんなことより、もしこちらで耳にしていることが事実なら、対策を考えましょう」と千鶴は言った。

「もうこの話は、東京でもそんなに広まってるんでしょうか？」と校長が不安がる。

「そんなことはありません。さっきお話しした私の友人が、こちらにも知人が多いもので、それでたまたま耳にしたということで」

「そうですか。この件はどうぞその、ご内密に」

「わかってますわ。そのために私が来たんですから」

「田丸君」

「あ、はい。あの、大城先生、もうトシなものですから、わけわかんなくなって、相手の言いなりになって、その……」

「お金を渡しちゃったの？　いくら？　相手の名前は？」

「それが、どうもこの、教えていただけませんで……」

「先生は全部ご自分の胸におさめてしまわれましたので」と校長がおぎなった。

「それにしても、田丸先生のことをバラすと脅されただけで、お金を払っちゃったの？」

「いえ、そうじゃなくて」と言ってから、田丸と校長はいったん顔を見あわせて、「……あの、『こっちに任せておけば、この件はもみ消してやる』と言われたようで……」

「もみ消す？　ははあ。でもどうやって？」

そこまで聞けば私にも想像がついてきた。私をオートバイで狙った男こそは、大城委員長にカネをふっかけた人物なのだ。

「大城先生がはっきりおっしゃったわけではないのですが、『田丸君のことをもみ消してやるから、ついては軍資金を調達願いたい』と言われたようで。しかも、『最初にこちらから手を打ってみせる、軍資金はそれから相談するということでいい』と言われたようで……。そのうちに実際、岡本弁護士が事故にあいましたから、その後また訪ねてきたその男に、ある程度の額を渡したようなのです」

「そんなあぶない手を使わなくても、いくらでも対応策はあるのに。で、その男との連絡はまだ取れているの？」

「それが、先生はその後まもなく入院されてしまいまして。安静状態で、われわれの見舞いもままならないアンバイですから、おそらく犯人としても……」

「それ、北大病院？」と千鶴がたずねたのは、加藤光介を連想したからだろう。

「いいえ。真駒内《まこまない》の『聖マリモ病院』です」

「入院はいつ？」

「七月の下旬ごろでしたでしょうか。その、岡本弁護士の交通事故のとき、われわれは陰で天の助けだと言っておったのですが、そのご報告をしますと、先生は事故のことは知っておられて、苦しそうな表情をなさっておられます。おかしいなと思って、いろいろおたずねしているうちに、ようやく今お話ししたようなことを教えていただいたのです。ですが、それから間もなく、先生は心臓発作で救急車で運ばれまして……」

「ご心労だったのかもしれませんね。それでそのオートバイ男は、当面はおとなしく大城先生の退院を待っているわけね？」

私は聞きながらゾッとしたが、千鶴は他人《ひと》ごとのように話しつづけた。

「相手の正体さえわかれば、おれが行ってとっちめてやるんですけど」と田丸が言った。

「そんなことをしたら話が大きくなるだけでしょう」と千鶴は上手にPJ会の立場を維持しながら言った。

「さっき岡本さんに聞いたら、連絡協議会の話は宮の森界隈では相当広まっているようだし、皆さんとPJ会との関係だって、知ってる人は昔から知ってるんでしょう？」

「はい、私は家内が大病をしまして、その、もう二十年になりますが……」と校長は釈明をかねた身の上話を始めた。要するに、目立った活動はしていないが、会員であることをことさら隠してもこなかった。田丸は宗教に興味はなかったが、大城委員長の長姉の息子である彼の父親が、PJ会を母体として地元の江別《えべつ》市で地方政治にたずさわっているという。

江別は札幌のベッドタウンであることを私は千鶴に教えた。

「田丸さんにききますけどね。藤田浩平という子は覚えていますね？　卒業生の」と千鶴は質問の方向を変え、千鶴にとっての本題にはいった。

「あ、はい、あの、殺された……」

「そう。殺される前に、あなたが最後にあの子に会ったのはいつ？」

「はあ……卒業してからは……」

「一度も会ってない？」

「いや、町でひょっこり見かけたことはありますが」

「いつ、どこで？」

「ええと、あれは春ごろでしたか、ススキノの、南八西――」

行き届いた区画整理のおかげで、札幌の人は場所を住所で表現する習慣がある。

「それはどのあたり？」

「あの、『コロボックル』ってピンサロがあるんですけど。そこを出たら、目の前に浩平が立ってて……」

「何をしてたの？」

「ただ立ってただけです。おれを見て、びっくりしてました。『あいかわらず不良だな。はやく帰れ』って言ってやりました」

「深夜だったの？」

「十時ごろでした」

「会ったのはそれだけ？」

「はい。それだけです。間違いありません」

「ちなみにあなた、七月二十六日と二十七日の夜、何をしてました？」

「は？　七月……はっきり思い出せませんが、野球部の合宿が七月の二十九日からでしたから、ふだんどおりにしてたと思いますが」

「校長は？」

「私ですか。あの、手帳を見てもよろしいですか」

「どうぞ」

「ええと、七月の二十六日は自宅におりました。たしか孫が来て、遊んでおりました。二十七日はここで勤務しておりましたが、そう、夜は田丸君と一杯やりながら、その、大城委員長のご入院のことで、いろいろ相談しておったのがこの日ですな。六時ごろから九時ごろまで、ススキノの『知床旅情』ってバーに、私のボトルありまして……」

「アリバイや何かのことで、まんいち困ったことがあったら、今度から私に相談してくださいね」

「ありがとうございます。しかし、藤田浩平の事件はわれわれと……」

「もちろん、関係してくることはないと思いますけど、まんいちの場合ですよ。岡本さんの事故とあの事件は日にちが接近していますからね」

「はあ」

というところが、「千鶴の冒険」のだいたいの内容である。私は感心するより先にあきれていたが、だから里緒には黙って自分一人でやったんだ、と言われると返事のしようがなかった。しかも、「基本的なことがいくつかわかったじゃないの」と千鶴が言うのもそのとおりだった。

❶大城中等教育委員長のみならず、鎌田誠一郎校長も、田丸耕治も、ＰＪ会のメンバーである。したがってスキャンダルを恐れる気持ちは強かっただろう。

❷私のバイク事故は、やはり意図的なもので、犯人は大城委員長からカネをせびった男だと考えられる。ただその犯人がどの程度の嫌がらせをどの程度つづける気でいるのか、大城委員長が入院してしまった今ではよくわからない。

❸校長と田丸が真実を述べているとすれば、彼らは浩平の事件には関係がない。

でも、どうして関係があると思ったの？　と私はたずねた。

「まさかとは思ったけど、田丸と浩平の仲がひょんなことから修復してたら、話がややこしいかな、と思ってたしかめておいたの。浩平は立派な被害者のはずなのに、連絡協議会に加わらなかったし」

「それは浩平じゃなくてご両親の判断よ」

「それに、浩平はオートバイに乗るし」

私を突き飛ばしたのが浩平だったなんて！　でもそうでないと言いきる自信はもちろんない。生前の浩平には会ったことがないし、犯人の年齢なんかぜんぜんわからなかったからだ。

そんなことを話しながら、礼二さんの車は大通り公園まで戻ってきていた。午後、千鶴は石狩テレビに行く予定だった。千鶴が札幌へ来ることを知った久志の父親・畑中啓志《ひろし》プロデューサーが、ぜひ「東京で活躍する車椅子の女弁護士」のインタビューを撮らせてくれ、と言いだして、千鶴も出演ＯＫしていたのだ。

上原警部補に千鶴の冒険の結果を報告したほうがいいということになって、私は昼食のレストランまで千鶴たちを案内してから、円山署に戻ることにした。

「あ、ちなみにあれが時計台」

「あ、あれ。意外に小さいね」

「でしょう。日本三大ガッカリ名所の一つなんだって」

「そんなことないよ。街のどまん中に時計台を作るっていうところがすごいじゃない」

「ハハ、そうかな」

「『オロロジオ』っていうレストランも、この近くね？」

「あれはあの、隣りのビル。でも地下だから行きにくいよ」

「でもいちおう行く」

「じゃあお昼はあそこにする？」ということに急きょ決まった。

「ほんとに礼二さん、たいへんな人のお世話をしてますね」と私が別れ際に言うと、礼二さんはなんだかうれしそうに、

「そうでございますね、ほっほっほ」と女性的な笑い方をして私を見送った。

私、すっかり小説家になった気分かな。自分で見てない場面でも、想像しているうちに

ありあり書けちゃうみたいです。ただ情報だけはまちがってないつもりですけど……。

しかしこれ、思ったより時間とエネルギーかかりますね。小説家もたいへんだなあ。

「もうノート三冊めっすよ。なん冊まで行くんすかね」って久志君は言う。

「あと……三冊ぐらい？」

「ぎょ」

「なんとかがんばってよ。SAPPのクリスマスコンサートのチケットいっぱい買うから」

「いや、あれ、けっこう売れちゃって」

「すごい。じゃ、東京デビューのとき、応援についていくから！」

2　久志

❶千鶴先生のトーク番組の収録が終わると、オヤジは副社長まで上のブースに呼び出して、千鶴先生に人生相談でも何でもいいからレギュラー番組を持たせるべきだって力説したんだって。ちなみに先生はあっさり断ったらしいけどね。

「そりゃそうさ。東京のキー局ならともかく、札幌のテレビで人生相談してどうすんだよ。十勝にクマが出たとか、そんな話ばっかり聞かされて」とおれが言うと、

「先生はそんな理由で断ったんじゃないよ」ってオヤジは言う。

「じゃあなんで？」

「『陽のあたらない人たちを助けるのが私の仕事ですから、自分から陽にあたるようなことをするつもりはございません』って、そうおっしゃったんだ。どうだ」

「どうだって？」

「テレビに出るということは、陽にあたるということなのだ。テレビは太陽なのだ」

「それ、結論がずれてない？　ねえ、淑子《よしこ》さん」

「お母さんと呼びなさい」

「いいわよ、べつに。太陽かどうかともかくとして、ＳＡＰＰにもどんどん出てもらいたいな。また石狩テレビだっていいじゃない」

「だってとはなんだ」

というようなヒトマクもあった。先生が帰ってから。

❷話を戻すと、収録が終わってから、オヤジが家に千鶴先生を連れてきたわけね。淑子さんもいて、おれと公和は部屋でライヴの準備やってて、みんなでコーヒーを飲んだわけ。
最初はオヤジが先生をほめちぎりながら、収録がどんなに好評だったか説明してたけど、そのうち先生が田丸に会ってきた話になって、おれらの中学時代の思い出話みたいになっ

た。

「やっぱり浩平がいちばんやられてたよな、田丸には」

「おれだって一緒だよ」と公和は言って、

「おれら、一緒に野球部にはいっちゃって、あれが失敗だったっす。はたかれるから二人ともすぐやめちゃって、まずそれでにらまれたんですよ。あんとき、おまえは――」

「ブラスバンド部」とおれ。

「じゃああんまり関係ないな。だけどあいつ、女子でも平気で殴ってたからな」

「女子はあれだよ、胸わしづかみ」

「いやだ」と淑子さん。

「だけど女子はそれぐらいだから。男だと往復ビンタはもうフツウ。無理やり髪の毛つかんで、バリカンかけたりね」と公和。

「髪が長いからって？」

「そう、あれが一番アタマにきたすね。思わず手でバーンってやったっすよ」

「そしたら？」

「十倍にして返されました。もう死ぬかと思ったっす」

「ひどーい」と淑子さんはあとから聞いて怒る「聞き怒り」ってやつ。

そう言えばむかしの話、あんまりしたことなかったからね。オヤジにもしなかったし。

「こいつデカいから、田丸はまるで空にむかってビンタしてんのな」

「だけどあいつ、マジ強かったぜ」とおれ。

「校長先生は、ずっと田丸の味方だったの？」と千鶴先生。

「どうだった？」

「知らねえー。顔も覚えてねー」と公和。

「あれだよな、『人間より大きなものに、つねに感謝を忘れない』って、そればっか」とおれ。

「そうそう。『太陽に感謝、空に感謝』。その陰でこっちはボコボコにされてんだから世話はねえよ」と公和。

ときどき二階のバアちゃんが鈴を鳴らして淑子さんを呼んだので、淑子さんは立って階段をあがっていった。

❸「そう言えば」と千鶴先生はなんだか書類を出して、
「あなたがたも浩平君の友達としてアリバイ調べられてるのね」

「調べられましたよ。アッタマ来た」と公和。

「しょうがないのよ。手つづきみたいなものだから。あたしだって読んでるのよ、これ。公和君は——自宅で一人でテレビを見てて、アリバイなし。開きなおったわね」

「ほんとなんすよ。テレビじゃなくてテレビゲームだけど」

「おうちにも誰もいなかったの」

「いないっすよ。オヤジもオフクロも帰り遅いし」

「そうか。で、久志君は——北広島の友達に会いに行って、一緒に買い物して、夜七時半の快速エアポートで、札幌を通り過ぎて岩見沢《いわみざわ》の友達に会いに行って、その友達には会えなくて家に帰ってきたのが十一時。だけど確認済み、って書いてあるな」

「やった、ラッキー」

「だけど、これで八時から九時のアリバイになるのかしら」

「なるんですよ。おれがそのエアポートに乗ったら、後ろのほうにすごいブロンドの美人がすわってて、たぶん千歳から乗ったんだと思うけど、おれその人のことちらちらふり返って見てたんですよ」

「外国人？」

「そう、ブルック・シールズみたいな女で、目が完全にグレーなの。で、おれがおりると き後ろの席を見たら、その人もおりる支度してたからびっくり。だからその人と一緒に岩見沢でおりたの。そんな美人が岩見沢でおりるなんて、どうせ十年に一ぺんぐらいしかないから、駅員に聞いてくれたらぜったい覚えてるって、刑事に言っといたんだよね。そしたらやっぱり覚えてたんだよね」

「おまえの女好きも役に立つこともあるんだな」なんてオヤジが言うから、

「うっせえよ、親ゆずりだろ」って言ったら、

「ハハハ、そうか」って、テレっとしてやんの。

でも淑子さんはちょっと困った顔をしてて気の毒だったから、

「ほら、おれが変なシャツ買ってきた日」と淑子さんに話しかけた。

「ああ、あの日ね。お誕生日の前の」

浩平が殺された次の日の七月二十八日がおれの誕生日だったから。

「自分で自分の誕生日のプレゼントを買ってきたのか？」とオヤジがなんか疑惑の目でおれを見るから、

「いいじゃねえか」

「それにしても、えらくマジメな、ワイシャツみたいなシャツ買ってきて、それでも毎日着てるから、心境の変化かと思ったんだけどね」と淑子さん。

「変化してなかったんだろ」とオヤジ。

「してなかった」とようやく淑子さんもすこし笑った。

「なんで北広島なんかで服買うんだよ」と公和がからかった。

「四プラとかタヌキ小路とかって、ヤなんだよ、おれは」

「四プラって？」と千鶴先生。

「四丁目プラザって、ファッションビルです」

「どんどんダサい名前が出てくるからびっくりでしょ、先生。四プラだのタヌキ小路だの」とおれ。

「それが札幌の青春だべや！」と公和。公和はいつもなんだか札幌にコダワリがある。

「言えてるけどな」

「ふだんそのへんで遊んでるの？」

「そうっすね。買い物とかは」

「あなたがた以外に、浩平君の友達っていうと、誰？」

「そうすね、よく一緒にバイクで遊んでたのは、アキラとかかなあ」と公和。

「アキラは暴走族だけど、浩平は族にははいってなかったよな」とおれ。

「アキラだけだもんな、おれらと遊んでたのは」

「アキラって、斉藤章《さいとうあきら》君ね。アリバイが書いてある。『ローソン・コウベツ南店』でずっとバイトしてたって。確認済みだって」

ちなみにそのコウベツはアツベツ（厚別）だけどね。

「だけど、暴走族って、札幌にもいるの？」

「そりゃあ、いるっすよ」

「その人たち、冬はなにしてるの？」

「え？　ハハハ、冬はさすがにバイク乗れないから、特攻服を着て、みんなでそこら歩いてます」

「かわいい！」

「そうかなあ」

「タヌキ小路とか、よく声出して歩いてますよ」

「へえ。ほかに友達は？」

「あとは、美穂か」とおれ。

「そうなるかな。昔からの仲間だしな」

「美穂さんって？」

「山田美穂。中学の同級生です」

「今、『よくばりメロン』ってピンサロでバイトしてます」

「ピンサロ！」

「美穂、あしたのライヴに来ますよ」と公和。

「ちょっといま、おまえといい感じなんだよな」とおれが言うと、

「うっせえよ。おめえと久美子ほどじゃねえよ」と反撃されてしまった。

だけどこのごろ公和がオンナを取っかえひっかえするのをやめたのは、ＳＡＰＰにとってすごいプラスだとおれは思っている。それに美穂は中一のときから知ってるので、まっ

たり落ち着いた感じに二人はなってる。

「山田美穂さんはアリバイ調べてないね。あした美穂さんに直接きいてみようかな」

「ははあ、美穂は加藤光介のこと知ってるから、それで？」とおれ。加藤がシロにされたなんてこと、おれらはそのとき教えてもらってなかったから。

「美穂さん、加藤を知ってるの？」

「そりゃ、仕事が仕事だから、会えば『あ、こんちは』って感じですけど。だけど、加藤だろうと誰だろうと、美穂に殺しなんか手伝わせるのは、いくらなんでもありえないっすよ」と公和。

「ありえないありえない」とおれも賛成。美穂はやさしすぎるし、のろすぎる。だけど先生は、

「そんなこと言ったら、まるであなたがたならありえるみたいじゃない」とあっさり言う。

❹あと、浩平のギターの話も途中で出てたから書いておくぜ。
「あいつ、下手なのに歌作って、なんか持ってきてたよな。おれらがそれ使えねえ、って言うと、またムクレてさ」っておれが言って、またあいつの歌の話をしてたら、

「そういえば、カセットがなかったよな」と公和が思い出した。

「そうそう」

「カセットって？」と千鶴先生。

「だから浩平が自分で作った曲を吹き込んだテープがあったんすけど」

「あいつ作曲っても、音符読めねえから、カセットに吹き込んでたんすよ」

「おれら、浩平が死んだから、死んだ友達の歌、みたいなの作って、そん中に浩平のオリジナルのフレーズ、ちょこっと入れたらどうだろう、って話になったんですよ。で、浩平んちに行って、桑園の部屋に置いてあったカセットとラジカセ調べさせてもらったんすけど、浩平の歌のはいったやつだけ、見つかんなくて」

「へえ。犯人が持ってったのかしら」

「浩平の歌なんか盗んでも、意味ないけどねー」とおれ。

❺「で、ききにくいことなんだけど、久美子さんの実のお父さんは東京にいて、もう何年も音信不通なんだそうだけど、久志君の実のお母さんは？」
おれはオヤジを見た。

「札幌にいますよ」とオヤジ。

「わたし、はずしましょうか？」と淑子さんが言った。

「なんも、いいのさ。おまえに知られて困ることとなんかないんだから」とオヤジは急にマジメくさって、

「いまもときどき、二階で鈴が鳴ってますでしょ。あれがウチのオフクロで、いまはほとんど寝てるから、世話するったってタカが知れてるけど、昔は気丈な人でね。自分のやりかたでないと気イすまないから、いわゆるヨメとシュウトメのアレが、いろいろありましてね。最初の女房は、それがどうしても我慢できなくて、けっきょく泣いて出てったんですよ。ぼくも若かったから、そんなら久志を置いていけ、って言ったんですけど。そうでもしないとオフクロも納得しないしね。だからこういうかたちになっちゃって」

「要するにマザコンだったってことだろ」とおれ。

「久志さん」と淑子さん。

「いやいや、この程度のことは、もう百ぺんも言われたものな。ま、久志にしてみたら複雑な気持ちだよな」

「べつに」

「北海道もイナカだから、そういう問題も、いろいろあるわけさ。な」って話をまとめようとするから、

「じゃあ二番めのお母さんは？」とおれは言ってやった。

「あ、あれはもののハズミ。いっくら子供育ててくれる、お婆ちゃんの面倒見てくれる、って言ったたって、けっきょく家政婦じゃないからな。ルールばっかり作ったって、だめなのさ」

「あたりまえじゃねえかよ。おれはそれでグレたんだぜ」とおれ。

「まあ、そういうわけで、久志の母親は札幌市内の麻生《あさぶ》ってとこで、結婚前の仕事に戻ってね。美容室の手伝いをしてるんですよ」

「連絡は取れてるんですか」

「いやあ、むかしはたまに葉書来てたけど、だんだん去ル者ハ日々ニウトシでね。札幌ったって広いから。だけど久志は、こっそりお母さんに会ってるかもわからないな。どうだ？」

「会ってねえよ」

「ちょうどお父さんとそんな話してたのよ、このごろ。べつに悪いことじゃないんだから、会いたかったらいいんじゃない？」と淑子さんまで言うし。

「うっせえよ」

「そう言えば、おまえ『きょうはちょっと』って言うときあるから、てっきりオンナだと思ってたけど、もしかしてそれ、♪オフクロさん」って、最後は公和まで森進一《もりしんいち》の歌まねでからかいやがる。

「うっせえよ」っておれは立って自分の部屋に駆けこんだから、そのあとどんな話が出たのか知りません。

あとは公和が書け。

3　公和

はいはい。

おまえがいなくなったから、みんなすぐ帰ったさ。

「ナカナカ難しい年ごろで」とか淑子お母さまは言ってた。

「複雑な気持ちだから、歌を作ったりするんでしょうかね」って千鶴先生が言ったら、おまえのオヤジ、また調子に乗って、

「ええ、ぼくもいちおう文学部の卒業なんで、クリスティーナ何タラカンタラなんか、読みまして。ああいう感性は遺伝するんですかね」だとよ。

おまえのオヤジってほんとテレビむきっつうかね。

それにしても淑子さんは若いよね。千鶴先生とおんなじぐらい？　ってことは三十代前半？

4　里緒

千鶴がテレビ局から戻ってくる前に、上原警部補から電話があって、ちょっとした情報を入手したのでお話ししたい、ということだったので、私は千鶴と夕食を予約していた南二条の飲み屋さんに警部補を誘って一名追加しておいた。

宮の森東中で千鶴が聞きだした話は、上原警部に私から伝えてあった。私を襲った男が大城祥子中等教育委員長に礼金を要求した男であることは、やっぱり間違いないように思われて、私はそちらの件で緊張を高めていたのだけれど、その件は浩平の事件には直接関係がないので、千鶴はあらためて何もコメントしてはくれなかった。

なにしろあしたは東京へ帰らなければならない日だったので、千鶴はひととおりの結論を出したかったのだろうけど、あちこちで話を聞いても、アリバイ表を見ても、あやしい点はとくに見つからないようで、なんだか口数も少なくなった。

時計台前ビルの『オロロジオ』も、スパゲティはおいしかったらしいけど、手がかりなんかなにもなかった。

テレビではユーゴスラヴィア軍がクロアチアを爆撃したニュースをやっていた。

テレビから、事件の資料を読みかえしている千鶴の横顔に目を戻すと、世界中でたくさんの人々が無残に殺されている中で、たった一人の少年が殺された事件ばかりに熱中する千鶴は、偶然のなりゆきであるとはいえ、見ていてちょっと不思議な気もした。

――でもきっと、数の問題じゃないのだ。数が重要なのはテレビや新聞の世界だけで、人の世界はいつも一ばかり、それぞれ一人、一人、また一人だ。弁護士の仕事も、それから「名探偵」の仕事も、その点では同じなのだと思った。

飲み屋さんに先に着いて私たちを待ってくれていた上原警部補は、私たちをさらに混乱させる情報を持ってきていた。

「島村義夫の周辺を洗ってた刑事が、おもしろい資料を持ってたんですよ」と警部補は言った。「ＰＪ会の札幌会館、これは昨年の秋、豊平《とよひら》区平岸《ひらぎし》に竣工してますが、この会館の建設を請け負った会社の中に、島村が常時契約している工務店があるんです。灰田《はいだ》工務店、中央区円山で、ウチの署のすぐそばです。この件は、たまたま手に入れておいた灰田工務店の業績一覧表に出てただけで、まだチェックもしてなかったんですけど、これを見つけたとき、きのうの話の流れから考えて、ふとこんなふうに想像してみたんですよ。島村義夫が現金で持っているらしい一千万円の出どころ、これは本人が否定しているから秘密のカネに違いないけど、これもじつは裏で、ＰＪ会がからんでいるんじゃないか、とね。そこでさっそく灰田工務店に行って、社長が帰るのを待って、内密にってことできいてみましたら、たしかに八十八年から九年にかけて、ＰＪ会札幌会館の仕事をしているし、その仕事には島村も使っている。しかもね。会館の建設の初期に、近隣の病院やマンションの住民が、宗教団体の会館は人の出入りが多くてやかましいのじゃないかと、ちょっと反対運動を起こしかけた。そのとき工事現場にいた島村義夫が、たまたま住民の一部とゴタゴタになったらしいんですね」

「暴力的な？」

「まあ多少。ところが会館は建築許可ももちろんおりてるし、もともと血の気の多い住民のほうが、ＰＪ会の私有地にはいりこんで騒いだのが悪いということで、それがきっかけでかえって住民のほうはおとなしく引かざるをえなくなっちゃった。暴力ざたも、双方かすり傷程度だったということで、お咎めなし。以上のことは地元の平岸署の記録にも残ってます。で、この出来事をきっかけにして、ＰＪ会は島村にえらく感謝して、どこかに食事に呼んで、ケガの見舞い金として金一封を贈呈したらしいんですね。それがいくらだったのか、島村はニヤニヤして教えてくれなかったそうなんですけど、灰田社長と島村は、一緒にその会館の竣工式にも呼ばれて、島村は札幌支部のお歴々とずいぶん親しそうに話してたそうです。そのときに、大城祥子委員長だとか、田丸耕治の父親あたりと顔を合わせるとか、あるいは名前ぐらいは聞きつけたのかもしれません。いっぽうで、今お話ししているこの灰田工務店というのは円山にありますから、ふだん仕事をしている一帯には、宮の森東中の通学区域もふくまれています。灰田工務店にPJ会館の仕事が回ってきたのは、たまたま自宅の工事をここに頼んだ人が、札幌支部の有力メンバーだったからだそうです。だから、田丸耕治の件が島村の耳にはいっていた可能性は高い。げんに工務店の社長は田丸の件をぼんやりとですが知っていました」

「そうすると、PJ会からカネをせびったり、里緒を襲ったりした人物は、島村義夫であるる可能性があるってことね？」と千鶴が言った。私はまだ与えられた情報が何を意味するのか、整理がつかないでいた。「そして田丸の件をもみ消すことを条件に一千万円受け取った、と」

「その可能性、ありますよね」と警部補。

「でもそれなら、どうしてもっとちゃんと里緒を襲わないんだろう」

「ちょっとちょっと」

「ともかくその話が島村周辺の外部に漏れて、娘の久美子が狙われることになった。あるいはもっとおもしろいのは、大城委員長から報告を受けたPJ会が、取られた一千万を取り返すために、浩平を使って久美子を誘拐させた」

「そこまではわかりませんけど、すくなくとも岡本さんの傷害の件は、これで一歩前進したかもしれませんね」

「でも、浩平が久美子をナンパしたのは偶然だったと、すくなくとも久美子は言ってるよね」と千鶴は自分の思考を声に出しつづけた。「誘拐の話も、途中で電話をかけにいってから急にもちあがったみたいだと言ってる。それが全部、浩平の芝居だったとすれば……。娘ともかく、身の代金がたった一千万だっていうことも、これで説明がつきそうだよね。娘を誘拐したから一千万出せ、と言われれば、島村にはピンと来る。ＰＪ会が動いた。これはおとなしく返すしかない、と」

「どちらにしてもむずかしいのは、大城委員長なんですよね」と警部補が言った。「入院中で、面会謝絶であるうえに、島村に脅されたことを認める可能性はまずない」

「どうして？」ときこうとしたら、その前に千鶴が、

「そうよね」と言った。

「どうして？」とそれでも私がきくと、

「だって、里緒の傷害事件で島村に謝礼を支払ったとすれば、それだけですでに共犯じゃない。島村なんか知らない、ってシラを切る可能性がいちばん高いわ」

「それと、じつはもう一つ難点があります。灰田工務店の帳簿によれば、事件の当日――これは岡本さんのほうの事件の当日、七月の十二日ですが、島村はたまたま出張で帯広《おびひろ》市内にいたことになっています。十二日に出発して、帰ったのが十六日です」

「帯広って、こっそり帰ってこられない距離？」

「ふつうは無理ね」

「帯広の行き先は聞いてきましたから、あした念のために調べてもらいますが、それがどう出るか」

「まずはそれ次第かもね」と私が言うと、

「それともう一つ」と千鶴が指を一本出して、

「藤田洋次郎の一家は、ＰＪ会の会員かなにかやってます？」

「そのあたりはこれからですね」

「私たちはお庭しか見なかったけど、中にはいったら大きな神棚があったりしてね」

「調べてみますよ」と警部補は手帳に書きこんだ。

「田丸と浩平は、今は無関係みたいな印象でしたけどね。あるいは浩平の友人たちの誰かなのか。あるいは加藤光介とか、津野正一とかがＰＪ会だったりすると……」

「はい、それも調べます」と警部補はダダっ子をあやすような言い方をしたので私は思わず笑った。

「ああん、あした帰らなくちゃいけないのに」と千鶴は急にまた車椅子をパタパタ叩いた。

「ですから、あとはわれわれのほうで」

「だから言ったじゃない、三日ぐらいじゃなにもできないって」と私。

「長期戦ですからね。すでにこれは」と警部補。

「千鶴が鎌田校長の前で一芝居してくれたおかげで、ずいぶん前進があったじゃないの」

「そんなの、車椅子程度の前進だわ」と千鶴はあくまでも口をとがらせた。

5　久志

千鶴先生の車椅子を里緒さんが押して、二人が来てくれたのはちょうどライヴがはじまったところだった。いつものタヌキ小路六丁目。九時をすぎるとこのごろはすこし寒くなってきて、おれはでっかいブルーのセーターを着ていた。公和はチェックのシャツの上にカナリヤみたいな黄色のトレーナー。

来てくれたのはいいんだけど、最初はちょっと迷惑かも、と思った。だってこっちは少年少女の集まりでみんなノッてるのに、オバサンが二人、しかも一人は車椅子でしょ。みんなちょっとビビッてたよね。

だからおれ、一曲終わったらみんなに、

「気にしないでいいよ。この人たち、おれらの友達だから。ＰＴＡじゃないから」って言ったのさ。

久美子が二人にアイサツしに行って、それでまるくおさまって次の曲に行こうと思ってたら、今度は本物のＰＴＡがあらわれてやんの。オヤジ。まいったよ。しかも、

「あ、先生がたおそろいで」

とかでかい声で二人にアイサツしやがってさ。カブキ座のロビーじゃねえっつうの。でもって、次の曲終わったら、千鶴先生はいちばん前で拍手しながら、

「ステキ!」なんて、昔のコトバではしゃぐしさ。

久美子は歌が好きだから、小さな声で思わず一緒に歌うのはいつものことだからいいんだけど、千鶴先生までなんだか一緒に歌ってる感じだったのはどういうわけだい?　たぶん口パクだったと思うんだけど。

「まいったな」って公和に言ったら、

「だけど、きょうは年齢層高いよ。オトナがどんどん立ち止まってくぜ」って言うから、見てみたらほんとに、オヤジやオバサンがにこにこ立ち止まってるわけ。車椅子の効果なのかね。

そしたらなんだか急に、デビューするっていうのはこういうことか、ってわかった気がした。つまり、知らない人にも聞いてもらわなくちゃいけないいんだよね。そりゃあふだんの少年少女も知らない人がほとんどだけど、トシが近いとなんか親近感があるでしょ。そういうのがなくても、聞いてもらわなくちゃいけないんだと思って、それからはキンチョーしました。

それに、終わったらたくさんカンパしてくれて、ありがとうございました。

「スノーバウンドSNOWBOUND」

作詞・畑中久志／作曲・矢部公和

ぼくはひとりソリティアであそぶ
窓はしんしん雪が舞ってる
ハートのクイーンもスペードのジャックも
寒くてさびしそうだよ

きみのカードは「ハートの2」だね
そっぽをむいてつめたそう
ぼくのカードは「クラブの10」さ
だれもいない森の中
SNOWBOUND
SNOWBOUND
白い窓辺できみは言った
「すこし自由にさせてほしいの
無理をしないでいたいから」

ぼくは聞こえないふりをして
トランプを散らかしただけ

フードかぶって帰っていった
きみの足跡　ずっと見てたよ
雪にだんだん消されていって
もうだれも来なかったみたい

SNOWBOUND
SNOWBOUND

6　久美子

でもライヴが終わるころには千鶴先生はバッグから紙を出して読んだり、めずらしくメガネをかけてわたしたちをちらちら見たりした。それから車椅子のスイッチをグイーンと

入れてわたしに近づいてきて、

「山田美穂さんている？」

「あ、いますよ。あそこ」

「ピンサロにお勤めなんだって？」

「はい……」となんか先生が法律的にどうこう言うのかと思ったら、ぜんぜんそうじゃなくて、

「これ、事件の日の皆さんのアリバイなんだけど、山田美穂さんが載ってないのね。美穂さん、あの日お店に出てたかどうか、きいてくれる？　七月二十七日」と言った。

わたしはぎょっとしたけど、おとなしく美穂のところへ行って、

「あなた、七月二十七日はお店に出てた？」

「え？　いつー？」

「七月二十七日」

「七月二十七日？　それもしかして、浩平が殺された日？」

「そう。あの先生がきいてくれって言うんだよ」

「えー、なんでー？　あたしが犯人なの？」

「ハハ、そんなわけないけど、いちおう確かめたいんじゃない。浩平をちょっとでも知ってる人は、みんな調べてるみたい」

「えー。久美子も調べられた？」

「えー、んなわけないじゃーん。わたしはあの日、浩平のところに閉じ込められてたじゃーん」

「キャッ、そうかあ。そうだよねー」

美穂と話してると、わたしもなんだかのほほん、としてくる。

そしたら先生もファンの子たちにどいてもらいながら近づいてきて、

「ごめんね、変なこときいちゃって」

「あ、いいえー」と美穂はにっこりわらって、ピンクのポーチから手帳を出した。美穂の爪はマリンブルーに夜空のちいさな星みたくチカ、チカ、と描いてあってすごくきれいだった。

七月のページをあけてわたしに見せると、黒い顔のシールがぺたぺたいっぱい貼ってある。

「なにそれ。そのシールがお店に出た日？」

「そう。これ、アクマ君。かわいいでしょ」

「でもなんでアクマ君なのー」

「お店に出る日は、あたしアクマになるから」

「ハハッ、そうなんだー。お客がアクマなのかと思ったー」

「お客さんはニンジーン」だって。

「お仕事、たいへんね」と先生が言った。

「はーい。二十七日、いつもどおり、遅番で出てます。七時から十二時」

「そう。ありがとう。きれいな爪ね」

「うーん」と美穂は両手を裏にして見せようとするから手帳を落としそうになって、自分でケラケラ笑った。

「そんなにたくさんお店に出るの？」と千鶴先生。

「はーい」

「美穂、ナンバーワンなんだもんね」

「キャハッ。それはただ新人だから、めずらしいからだよー」

アクマ君マークは七月も八月もぺたぺたいっぱいならんでいた。

ノート NO.4

1　里緒

北海道での残り時間が少なくなって、調査はさして進まず、千鶴は朝になってから、思いきって留萌線に乗ってみることに決めたようだ。深川までまず行って、それから留萌線で留萌まで行け、という浩平たちの誘拐計画の指示に、とりあえず従ってみることにしたのだ。しかも車を使わず、指示どおりに鉄道に乗ってみるという。

実現しなかった誘拐の現場に行ってみても、何が見つかるのか、心もとないのは私ばかりではなく、千鶴も一緒だっただろう。だから千鶴の顔には、進撃しているというよりはむしろ退却しながら、せめてもの抵抗をこころみているような落胆の影がさしていたのだろう。

ともかくそのせいで、千鶴は予定より早く札幌を出発することになった。これから空港へまず行ってレンタカーを返して荷物をあずけ、汽車で戻って札幌を通過して深川・留萌方面へ行って、帰りも上りの千歳空港行きで札幌で途中下車しないでそのまま帰路につくという。事務所に最後の挨拶に来てそんな説明してくれたのが十時半ごろのことだった。

そうなってみると、この三日間、せわしなく動きまわるばかりでゆっくり観光もさせてあげられなかったことが残念だった。でも、千鶴にとっては約束どおり三日間で事件を解決できなかったことのほうがもっと残念そうで、私は「そんなことはじめから無理に決まってるじゃない」と思いながらも、見ていてなんだかかわいそうになった。

ただ、別れの挨拶をすませてから、

「もう一本だけ、電話をかけてもいい？」と千鶴が言いながらバッグから北海道地図を出してきたのは意外だった。

「いいけど、どこへかけるの？」

「藤田洋次郎さんのところ。用事があるのは奥さんのほうなの」と言いながら千鶴は地図を目いっぱい広げる。

気のすむようにさせてあげようと思って私は藤田家の電話番号を教えた。

電話には洋次郎氏が出たようだった。

「あ、山崎です。……こちらこそありがとうございました。……そうですね、きょうの四時でしたね……はい、私は六時半の飛行機で……はい……はい、そうですね。お待ちしております。それで一つ、ささいなことをうかがいますけど、よろしいですか？　……あの、奥様のご実家がマシケのほうだと、たしかおとついおっしゃってたように思うんですが……はい、で、地図で見ますと、ようやく見つけたんですけど、留萌の南のほうにあるんですね。……はい、それで、浩平君はそのご実家に、何度か行ったことがあったんでしょうか。……それは、汽車で行ったんでしょうか？　……はい……はい……それは留萌線ですね？　……あ、そうですか。……あ、申し訳ありませんがちょっとお願いします」と言うと千鶴は受話器を手でふさぎ、もういっぽうの手で私にVサインを送って、

「一度だけ、中学一年のときに車が使えなくて、お母さんと汽車で言ったことがあるんだって。……あ、山崎です。ささいなことで申し訳ありません。……七月に。……はい……あ、そうですか。……窓の外を……何か変わったものでも見えました？　ええと、深川から乗って右側なんですが……そうですか。……ハハハ、そんなこともないでしょうけど……はい……そうしましたら、真布っていう途中の駅で何か……そうですか。……わかりました。それでだいぶわかった気がしますので……いいえ、ありがとうございました。……はい、私はきょう東京へ帰りますので、また……はい、ありがとうございます。……失礼いたします」

電話を切ると、千鶴は上機嫌だった。

「浩平は一度だけ留萌線で留萌の先の増毛《ましけ》まで往復したことがあるんだって。中一のとき。そのとき、汽車に乗るのが珍しくて、窓の外をずっと眺めてたっていうの。右か左かはお

母さんは覚えてないんだけど。もちろん最近になって自分だけでまた行ったかもしれないけど、最初の記憶は中一のときのものらしいの」

「で、それは何を意味するの？」

「ハハハ、わかんない。でも、途中の景色に何かあれば、現金受け渡しの方法がわかるかもしれない。そこに何か、犯人像の手がかりがひそんでいるかもしれない。……私のやりかたじゃ、とりあえずそんなところに期待するしかないものね」と千鶴が言いおえたときには、上機嫌の中にまたすこし退却の影がさしていた。

「とにかく行ってくるわ。急がないと行きと帰りの電車が三時間ぐらいあいてて、飛行機に間にあわなくなっちゃうといけないから」

なんだか千鶴がから元気を出しているようで、私は急にセンチメンタルになって、

「こんど来るときはもっとちゃんと、ゆっくりしてね」

「え、してるじゃない、今。東京の仕事を離れて犯罪に没頭できるなんて、すごいしあわせなのよ」

「うん……」

「それより、傷害事件の犯人は、もし一千万もらったんなら、ただの骨折だけですませてくれるはずないんだから、あなたこそ気をつけなきゃだめよ。発色スプレーとか持って歩いてる？」

「うん、ありがとう。注意するわ」

「こんど襲ってきたらつかまえちゃって、できればそっちはさっさと解決してね」

そう言い残して千鶴は出発した。


午後二時から、私は事務所の人たちと一緒に石狩テレビの千鶴のインタビュー番組を見た。

東京から月に一、二度札幌に来て録画していく司会タレントより、千鶴はあきらかに役者が上だった。

「弁護士さんっていうから、失礼だけどあんまり期待してなかったんですけど、いやあ、おきれいですねえ」

「いいえ、きれいな弁護士さんはたくさんいらっしゃいますわ」

「そうですか？」

「そうですよ。それで楽しようと思ってないだけで」という出だしだった。

千鶴の簡単な生い立ちがスナップ写真とナレーションで紹介され、小学校の五年生で交通事故にあって以来、車椅子で奮闘してきたことが強調された。十五歳ごろまでの千鶴の写真は、写りが悪いせいもあって、ただ拷問椅子のようなものにすわらされた、目つきの鋭い痩せた少女にしか見えなかった。ある日司法試験をこころざす希望を知ってから「人生が一変した」と、千鶴が本当にそう語ったのかどうかは知らないが、ナレーションはそう述べていた。

「やっぱり、あれですか。夢を持つっていうことが大事なんですね」

「夢ってコトバは嫌いだなあ。夢のイデオロギーって、資本主義の陰謀というか」

「……ちょっとお話が専門的で――」

「それより、復讐心でしょうね。ハハッ」

「復讐心？　何に復讐するんですか？」

「運命ですよ、この」と千鶴は車椅子を両手の人さし指で突ついて、

「人間のいちばん強い感情は、復讐心、恨み、そういうものだと思うんですね。だからそれをうまく利用して、エネルギー源にしていくと、エネルギーはいつまでもなくならない」

「……そういうものですか」

「だってそう思ってたほうが、カッコいいでしょ」

たしかに千鶴はそのとき、いかにも千鶴らしいやりかたでカッコをつけていたのだけれど、同時に、司会役のタレントの、ひいてはテレビ局や視聴者の、とおり一遍の常識的な考えかた、健常者の優越心まじりの共感に対して、ちいさな復讐を実践してもいたのではないだろうか。

私が思いだしたのは、大学の二年のとき、まだ千鶴と知り合って間もないころ、法律関係のサークルのみんなで誰かの家に集まっていたとき、テレビで『はじめてお使いしてみよう』という幼児に不安な遠出を言いつける番組をたまたまやっていて、千鶴がすごく怒りだしたことだった。「なんでこんなに子供が不安がっているのに、助けてあげないで笑って見ていられるわけ？」「なんでこんなものが番組になるの、人間として最低じゃない」と急に言い出したからみんなびっくりした。べつにみんな熱心に見ていたわけじゃないけど、そこまで怒らなくても、という観点から、何人かが反論をこころみて、「子供の成長」とか「親離れの必要」とか持ちだしたけど、千鶴はぜんぜん受けつけなかった。そんなものより、あとでこれがテレビだと知って、親が子供の不安をわざと放置した、しかもそれを売り物にしてカネを稼いだ、という事実を知ったら、その子供はどう思うの、裏切られた傷をどうやっていやすの、と相手に詰め寄った。「そういう子は、かならず親に復讐するよ」——彼女はそのとき復讐というコトバを使ったのだ。

ともかく、このインタビュー番組が畑中プロデューサーの思惑どおりの仕上がりだとは思えなかったけど、東京の変わった美人弁護士さん、というイメージはしっかり視聴者に植えつけられたはずだった。

午後六時、そろそろ千鶴は空港に着いたころだろうか、留萌線では何か発見でもあっただろうかと思っていると、電話が鳴った。上原警部補からだった。ただちに千鶴に伝えなければならない緊急の用件だったので、千歳空港のＡＮＡカウンターの番号を調べていると、また電話が鳴った。ちょうど千鶴からだった。

「里緒？　今空港なんだけど、ちょっとおもしろいことがわかったの」

「ちょうどよかった！　今、そっちに電話しようと思ってたところ」

「え、何かあったの？」

「島村義夫が殺されたの。あなた、飛行機キャンセルして戻ってこられる？」

ノート　NO．5

1　久志

みなさん、あけましておめでとうございます。

今年もSAPPはがんばります。

とりあえず年末のXマスライヴも無事にすんで、次は「雪祭りコンサート」だけど、けっきょく新曲は「ライラックLILAC」で勝負することにしました。いつものSAPPと違うテンポのいい曲なんで、コンサートでは話題になると思うけど、どうですかね。

ともかく東京公演の話も本決まりになって、なんか緊張してます。


さて、こちらのノートももう五冊めになって、里緒先生はじめ、みなさんがんばってますね。おれ、久しぶりに登場です。きょうは、また時計をぐるぐるっと巻きもどして、とりあえず久美子のオヤジの事件の前の部分だけおれが書いて、現場はまた久美子が書く話になってます。

その日、九月二十五日は午後四時に、浩平のオヤジが久美子の家に行った。久美子もそこにいて、オヤジと二人で浩平のオヤジを待っていた。

久美子のオヤジはそわそわしていた。久美子が話しかけても返事をしなかったのは、話すとまた五十万円の分け前の話になるのがいやだったからだろう。

浩平のオヤジは四時ちょうどに来た。

「このたびは、どうも」

「こちらこそ、どうも」

「いやいや、こちらこそ、どうも」

そんな感じだったらしい。

「うちの久美子も悪かったんですから、うかうかくっついてっちゃって」と久美子のオヤジが言うと、浩平のオヤジは、

「いや、そうおっしゃられると、浩平がますます悪者になってしまいますので」と言って、久美子にむかって、

「ご迷惑をおかけして申し訳ありませんでした」って、ドゲザっていうの、あれみたいにきっちり頭を下げたんだって。

久美子は「これから身体の調子悪いときに安くみてもらえますか」とかかるく言おうと思ってたらしいんだけど、とてもそんなこと言える空気じゃなかったんだって。

で、浩平のオヤジが、

「これはほんのお詫びの気持ちですが」って、黒い革カバンからフロシキに包んだカネを出して、

「金額は弁護士さんに決めていただいたとおりで……」

するとあと久美子のオヤジは、

「あ、どうも。あの、領収書は……」って言ったから、久美子はふきだしたんだって。そしたらオヤジは怒って、

「なんだおまえ。こういうことはキチッとしなけりゃいかんのだ。こちらさんのような身分の方には、税金対策ってこともあるんだぞ」って言ったんだけど、そのときにはもう浩平のオヤジは、にが笑いしてさんざん手を振ってたんだって。

それから、

「しかしあの車椅子の弁護士さん、きれいな人でしたねえ」

「はあ、とても有能な方で……」

「あれで車椅子さえなかったら、男がほっとかないですよね、えへへ」

なんて話になったので、

「それじゃあたし、行っていいですか。友だち待ってるんで」って久美子は言った。

「はい、私ももう失礼いたしますので」

「じゃあ、すみません」って、久美子と浩平のオヤジはほとんど一緒に立ちあがりかけたけど、久美子のオヤジが、

「藤田さんはお寺はどちらですか」なんて話にまたなったもんだから、久美子だけ先に出てきたのが、四時二十分か二十五分ごろ。

いつもの空き地におれと美穂とアキラがバイクを停めて待ってて、久美子はすぐこっちへ来た。

「どうだった?」と美穂がきくと、

「うーん、浩平のお葬式のときとおんなじ顔してた」

「あたりまえじゃーん。おんなじ人だもの」

「そういう意味じゃなくて、暗い顔っていうか」

「あ、そうかー。そうだよねー」

「おまえ、こないだ買ったピラピラのコートどうした?」

「なんかあれじゃ、寒そうだからさ」

「久美ちゃーん。似合ってたのにー」

とか言ってると、浩平のオヤジが出てくるのが見えた。玄関のドアを閉める前に何度も

中に頭を下げた。それからこっちを見て久美子に気がつくと、またバカていねいに頭を下げて、それからトボトボ車を停めた表通りへ歩いていった。ツイードのブレザーを着て、寒そうにカバンを両手で抱いてた。

「あいつ、ベンツに乗ってるんだぜ」とおれは言った。

「うちの店長もベンツ」と美穂が言った。

「おまえだって貯金してるんだから、ベンツぐらい買えるんじゃねえ？」

「ベンツはムリだよー。ソアラとかなら、公和が免許を取ったら買ってあげるかもしんない」

「何だよ、公和、すっかりヒモじゃねえかよ、それじゃ」

「そんなことないよー。ただあたしが買ってあげるだけだもん」

「そういうのをヒモって言うの」と久美子。

「ぜったい違うー」と美穂はヘンなときに突っぱる。

「さあ、行こうぜ」とアキラがウォークマンのスイッチを切って、ヘルメットをかぶりながら言った。おれらは南四条のライヴハウスにＨＯＫＫＥっていう大学生バンドのコンサートを見に行くことになってた。公和も五時にバイトが終わってから現地集合することになってた。

バイクに分乗して出発したのが、四時半ごろだった。そのときもう一度久美子の家の周囲を見たかどうか、はっきり覚えてないんだけど、おれら以外だれもいなかったように思う。あのへんはあんまり人通りのある地域じゃないからね。

2 里緒

死体の発見者は近所に住む島村の同業者で友人の北山厚夫だった。北山は五時半に島村宅に立ち寄ることになっていたという。その前には客がある。客の用件は北山も聞いていた。島村が北山に借金十万円を返済しがてら、行きつけの飲み屋で一杯やろうというのが二人の前日の約束だった。五時半すこし過ぎに島村宅のチャイムを鳴らしたが誰も出ない。さてはまとまった金を手にしてさっそく遊びに出かけたかと思いながら、ドアを引いてみると鍵がかかっていなかった。声をかけながら奥をのぞく。居間の畳に血のような染みが流れているのが見えた。

「義さーん」と声を出して北山が一歩上がりこむと、チャブ台の奥に島村がうつぶせに倒れているのが見えた。首筋がざっくり切られて血に染まっていた。

北山は一一〇番しようと外へ飛びだしたが、思いなおして島村宅に入りなおし、死体を見ながら茶ダンスの脇の電話から一一〇番をかけた。近くにいるかぎりはずっと見ていないと、背中をむけているスキに島村が起き上がって、こっちへもたれかかってきやしないかと思って、怖くて目をそむけられなかったのだという。

一一〇番通報は五時四十二分だった。

およそ十分後、サイレンを鳴らしてパトカーが到着した。サイレンの音を聞いてようやくわれに返ったように、北山は島村志津子《しづこ》にも電話したほうがいいと考えて『志津』のダイヤルを回した。だから刑事が駆け込んでくるのと志津子が電話に出るのとが、ほぼ同時になってしまった。

あんた、通報者？

はい、『志津』でございます。

あ、ママ。

あんたここの息子さん？

いいえ。

いいえって……もしもし？

そんなやりとりだったらしい。

島村義夫は刺殺による即死だった。至近距離で横から右頸動脈を一気に切り裂いた手口は、殺人の専門家のものと思われた。抵抗の形跡もほとんどない。

死亡推定時刻は、鑑識到着の一時間から二時間前、つまり午後四時から五時までだろうが、久美子と藤田洋次郎がほぼ同時に島村家を出たのが午後四時三十分ごろなので、それ以後五時までの約三十分間ということになった。玄関も裏の勝手口も、鍵はかけられていなかった。久美子やその友人たちも、藤田洋次郎も、島村家周辺で第三者の人影そのほか変わった点にはとくに気づいていない。

島村が手元におさめたはずの藤田洋次郎からの五十万円は消えてなくなっていた。凶器は鋭利な刃物だと考えられるが、それも見つかっていない。

これらの現場情報を私たちが上原警部補から教えてもらったのは、だいぶあとになってからだった。私は千鶴があらためて空港レンタカーから借りなおした車を待って、一緒に乗りこんで島村宅に行った。ただし、千鶴は警視庁の事件のときには鑑識係にまじって特別に現場を見せてもらったらしいが、道警が相手ではそれは無理だった。私たちはブルーのテープの内側には入れてもらえなかった。それでも千鶴は玄関に立った巡査に質問を浴びせたり、勝手口を見たいと言って私に車椅子を押させたりして、集まっていたヤジ馬たちの目を引いた。ようやく一時間ぐらい待ってから、上原警部補が出てきて、私たちを見つけると、一緒に車に乗り込んで話を聞かせてくれたのだった。途中、

「私だけでも、中を見せてもらうことはできませんかね」と千鶴はおそるおそる警部補に頼んで、きっぱり断られた。警部補自身、円山署の所属なのに西白石署の事件に首をつっ

こむのには、ずいぶん遠慮があった、と私が聞いたのは何日かたってからだった。

「それと、危なかったのはね」と警部補は早口でつけくわえた。

「うつぶせに倒れた被害者の右の胸に、タバコの焼け焦げがついてたんですよ。タバコの火が、ちょうどタタミと島村の胸のあいだにはさまって、ようやく流れた血に消火された感じでね。死体の胸の皮膚にも丸いヤケドが残っています。いちおう生体反応らしい。ということは、いくらなんでも自分から胸に火をあてるなんてことはしないでしょうから、首を切られて意識を失って、たまたまタバコを持った手を下に敷くかたちで倒れたということでしょう。それが結果的にはさいわいだったわけで、火が広がって火事になってたら、被害者は丸焦げになってたところでした」

「見たいなあ」と千鶴が言った。

「写真でいくらでもお見せしますよ。それじゃ、あとのことはまたあしたにでも」と警部補はてきぱき車をおりていった。

私たちはそれからしばらくだまっていた。私は事件の急展開に気持ちがついていけなかったけど、千鶴はいろいろ考えているらしく、ときどき車椅子のアームの上で手が動いていた。

狭い道路にパトカーのほかにマスコミの車も押し寄せてごったがえしていた。クラクションや人の大声が飛びかう中、私たちの車もしばらくは出るに出られない。

遠くに見える玄関前に島村志津子が出てきて、「どなたか久美子の居どころを知りませんかあ？　久美子の居どころを知りませんかあ？」と叫んだ。あんず色のような和服姿で、久美子によく似た目のクリンとした丸顔だ。

私はちょっと様子を見てくる、と言って車をおりた。むくれたり考えこんだりしている千鶴と一緒にいるより、すこしでも上原警部補のそばにいたほうが、小さな情報でも手にはいると思ったからだ。

北海道の家にはたいてい門や塀がない。塀ぞいに雪が積もってかえって不便だからだ。島村義夫の家も道路からすこし奥まったところにいきなり玄関のガラス戸がついていた。その周囲は立ち入り禁止のテープに沿ってパトカーと制服の警官がならんでいる。ガラス戸もぴっちり閉めてあった。

あちこちから照明灯やらヘッドライトが投げかけられて、あたりは昼間みたいに明るかった。中には赤いライトをくるくる回しているパトカーや救急車もいた。島村家に近づけば近づくほどヤジ馬たちはじっとだまりこんで静かだった。

玄関脇の小さな花壇にマリーゴールドが咲いて夜風にふるえていた。無造作に照らして不気味に色づける赤いライトを怖がっているみたいだった。

私はコートをはおってくるのを忘れたのですこし寒かった。家の中は見えないし、上原警部補は出てこないし、やっぱり車へ引き返そうか、と思っていると、ガラス戸が開いて、ジャンパー姿の男が刑事らしい人と一緒に出てきて戸をまた閉めた。

おや、と思った。男に見おぼえがある。なんとなく、顔ではなくからだつき、耳や襟あしの雰囲気が、記憶のどこかにうずめられている。

そう、私をオートバイで襲った男だ！　と思ったけど、一〇〇％の自信はない。五〇％だった。でもたまたま見かけて五〇％だということは、直感としては一〇〇％のドキドキ感だった。

その大柄でふとったボサボサ頭の男は、ブルーのテープのすぐ内側に立って、ジャンパーのポケットに両手をつっこみ、まだしばらく担当の刑事と話していた。

私はその男を目で追いつづけながら、近くの制服警官に話しかけた。

「あの、円山署の上原警部補に緊急の連絡があるのですが」

「はあ？　どちらさん？」

「家族の者です」と私はしかたなく言った。

そしたらなぜだか、一瞬本当に「家族の者」のような気がして不思議だった。

警官はとにかく私が取材記者ではないと見てとって、ガラス戸の中へはいった。

ジャンパーの男はブルーのテープをつかんだ。早く帰りたくてうずうずしている様子だった。もし見失っても、今話している刑事が男の身元はつかんでいるだろう、と私はとっさに考えていた。だからあとを追う必要はないだろう。島村義夫の親類だろうか。きっと親類とグルになって、連絡協議会の行動を阻止しようとしたのだ。あるいはＰＪ会のメンバーなのだろうか。

上原警部補はケゲンな顔で登場するかと思ったら、にやにや笑っていた。

「家族の方って言うから、きっとあなただと思いましたよ」とかれは小声で言った。

「ごめんなさい。ね、あの人」と私はこっそり指さした。

「あ？　あ、発見者ですね。北山とか言う男」

「あの人、たぶん、私を襲ったオートバイの男だと思う」

「ほんと？」と言うと警部補は私の腕を取ってそのままブルーのテープをくぐらせてくれた。

「もっとよく見てください」と北山という男にそのままずんずん近づいて、話をしていた刑事に何か耳打ちした。

警部補のうしろからこっそり観察すると、北山は四十前後の工員ふうの男で、ジャンパーは油でよごれ、寒そうにふとった上体をなるべくもっと丸くしていた。顔はまるきり覚えてなかったけど、ふだんから眉をひそめているような、黒ずんで不機嫌そうな顔だった。

「は、へえ、そうですか」と上原警部補の耳打ちを聞いた刑事は言って、それから北山ににこにこと、

「あ、北山さん、ご苦労さんだけどね。今度はこっちの刑事さんから、ちょっとききたい

ことあるっていうから」

「いやあ、もうさんざんしゃべったしょう、おんなじこと三べんも四へんも——」と言いかけて、警部補のうしろにいた私に気づくと、北山はギクッと表情を変えた。上原警部補はその様子を見のがさなかった。

「やっぱりおまえか。よし。この際だから、正直に全部話しちまうんだな。こっちへ来い」と今度は北山の腕を引っ張って、近くのパトカーの中へ押しこんだ。北山はがっくりした表情だったが何も言わなかった。

「じゃ、ちょっと話を聞いてきます。これでだいぶ進展する気がするな。ありがとう」と言うと、警部補は北山の隣りに乗り込んでバタンとドアをしめた。

私は礼二さんのレンタカーに戻って、今起こったことを千鶴に報告した。

「なあんだ。そういうことか。なんだか話が見えてきたみたいね」と千鶴は言ったけど、嬉しそうというよりはガッカリのようだった。

「今待ってるあいだ、ＰＪ会が動いて島村を消したのかって、そういうことばかり考えてたんだけど、どうも話が整理されなくて、ふりだしに戻っちゃうから、新しい登場人物がもっといるのかな、と思ってたの。意外に身近なところにいたんだね」

「これで全部解決するの？」

「だといいけど、どうかなあ。島村殺しの犯人が北山だとすれば、かなり解決だろうけど」

「どうして?」

「里緒を襲う件に関して、二人のあいだに共謀があったことはほぼ間違いないでしょ。実行犯は北山のほうで、ＰＪ会との連絡役、それから現金の受け取り役はたぶん島村がやってた。その現金の分配をめぐってトラブルになったのが今回の殺し。だけどその前に、島村がカネをよこさないっていうんで、北山はアタマに来て島村の娘を誘拐した」

「え、え」とまた私はついていけなくなりながら、「つまり、まず北山と浩平がグルになったってこと? そんなことあるかな」

「ないことはないでしょ。たとえばほら、『道々企画』のアルバイトをしたときに、島村か北山と知りあうチャンスがあったのかもしれない」

「『道々企画』って……なんだっけ」

「浩平が矢部公和と一緒にアルバイトに行って、浩平だけすぐに辞めちゃったって話があったじゃない。あのあたりにヒントがあるかもね」

「そうか」

「でも今ごろは、北山がそのへんは、ぜんぶしゃべっちゃってるかもしれないな」

「なんだか残念そうね」

「ハハハ、そりゃあね。犯人が全部しゃべったら、探偵はお役ご免だもの」

「もう謎は何も残らない？　もし北山が犯人だったら」

「もちろんたくさん残るよ。たとえば北山が島村を殺したんなら、どうして発見者の役まで買って出たのか、そもそもそこがわからないけど、まずとにかく話を聞かないとね」と千鶴はこれ以上先ばしって推理を働かせる気持ちもなくなったみたいだった。

その後北山や島村義夫の妻・志津子の話から、この事件が一件落着どころではない謎の中へまた連れもどされることになるとは、だから千鶴はこのときまだ予想していなかったのだと思う。

「礼さーん。グレープフルーツジュースが飲みたーい」と千鶴はヤツアタリのように運転席の礼二さんに呼びかけた。

3　久志

ＨＯＫＫＥって大学生バンドはカッコつけてるだけで、自分たちの声はぜんぜん出してなかった。

やれやれ、って感じで出てくると、淑子さんがむこうから真剣に手を振っておれを呼んでるじゃない。オヤジが発作でも起こしたかと思って、おれは走っていった。ほかのみんなも走った。

「大変なの」

「何？」

「あの……久美子さんだけに話したほうがいいかもしれない」

「久美子だけに？　なんかあったんすか？」

「ちょっと来てくれる」

「ここで言っちゃってください。ヤなことなら、一人で聞きたくないから」と久美子はおれの腕にさわった。

「ほんとに？　あのね……お父さんが殺されたみたいなの」

ゲッ。久美子は一瞬まっ白になったけど、すぐ、

「ケンカ？　どこで？」ときいた。

「おうちなんだって。さっきお父さんから、テレビ局から電話があって、とにかく知らせに行って、早く帰るように言ってくれって」

久美子は理解するためにしばらく時間をかけてから、こっくりうなずいて、

「わかりました」

「タクシーで行ったほうがいいわ。お金持ってる？」

「あ、あります」

淑子さんはタクシーを停めるために通りに出た。

「だいじょうぶか」とおれはようやく言った。

「うん」

久美子は泣いてなかったけど、美穂がわんわん泣き出していた。

タクシーが停まった。

「久志。一緒に行ってやれよ」と公和が言った。

「そうしようか。どうする」

「うん」と久美子が言うので、おれは一緒にタクシーに乗った。

「白石西三条《にしさんじょう》」と言うと、

「白石西三条。なんだかあっちのほうで、殺人事件あったみたいでないの」と運転手が言って、おれはとっさに久美子の顔を見たけど何も反応してなかったのですこし安心して、

「その話は、いいから」と言った。

しばらくすると久美子が、

「誰だよ」とぽつりと言った。

「何が？」

「……」それきり久美子はだまった。またしばらくすると、しくしく言う音がしたので横を見ると、久美子は静かに泣いていた。

おれはだまって久美子を抱き寄せた。

「……なんであたしだけこんな目にあうの」

「だいじょうぶだって」

「あたしそんなにワルい」

「そんなことねえよ」

「あたしそんなにワルい」

「そんなことねえって」

「……」それからまたしばらく久美子はだまってた。創成川《そうせいがわ》をわたるころ、

「ね」

「うん？」

「来週の旅行、行こうね」

「無理すんなよ。それはまたゆっくり考えればさ」

「ぜったい行く。こんなことで中止なんてヤだよ」

「そりゃあ、おれのほうは行きたいけどさ。だけどお葬式だってあるだろうし」

「そんなのすぐだよ。かえって行ったほうがいい」と言うと久美子はおれにもたれかかって、ちょっとかすれた声で、

「あたしのこと、ぜんぶわかってもらうの」

キスしようかと思ったけど、運転手がミラーごしにこっちをチラチラ見てるのでやめて、

手の甲で久美子の涙をぬぐってやった。

久美子の家に近づくと、だんだん車が渋滞してきた。最後の角は曲がれないですっかり停まっちゃったのでタクシーをそこでおりて、おれらは車の列から通りすぎるたびにジロジロ見られながら手をつないで歩いていった。

すると途中で、

「久志！」と声がするのでぎくっと横のヴァンを見あげると、『石狩テレビ』のマイクロバスで、オヤジが窓から首を出していた。

「お母さんに会ったか」

「ああ、ありがとう」とおれはうなずいて、そのまま久美子と一緒に歩きながら、オヤジが「お母さん」と呼ぶのに、はじめて返事をしちまったな、と思ってチッと舌うちした。

4　久美子

久志、ごめん。

けっきょくタクシーの中の約束がまだ実現してなくて。やっぱあれ以来、気分もボワーッとして前むきになれないし、体調も悪いし、お母さんの手伝いでめちゃめちゃ忙しいし。

そのことをじかになにも言わない久志の気持ち、すごくありがたいと思ってる。もうちょっと待ってね。わたしの気持ちは変わらないからね。

犯行の現場を書くのが、またまたわたしの仕事。でも、書くことは泣くことに似てるね。涙が出てくる場所はコトバも出てくる場所なのかな。なんちゃって。

人があんまり多くて、自分の家に帰ったって気がしなかった。みんなだまって部屋のいろんなすみにしゃがみこんでクスリみたいのを塗ったり、ゴミをいちいち拾ったりしていた。全員手袋をはめて、半分ぐらいの人はマスクまでしてた。むかし『志津』に保健所の人が消毒に来たときみたいだった。

ハロゲンランプって言ったっけ、よくスタジオの天井とかからぶらさがってるやつ、あれがいっぱいついてて、昼間みたいというか、テレビドラマみたいにあかるくて、おまけにときどき写真のフラッシュが光ってた。それでもあとで聞いたら、だいたいもう作業は終わってたんだって。

わたしを見るとお母さんは急に泣き出してわたしに抱きついた。

「たすけてよ、久美子。お父さんがまた何か、たくらんでたんだっていうんだよ。そしたら北山さんが傷害事件を起こしてたっていうじゃない。あたしにはもう、何がなんだかさっぱりわかんないよ」

し、傷害って、つまり北山さんがお父さんを……？　北山ってのは汚ならしくていけすかないジジイだったから、何でもするやつだと思ってたけど……。

「奥さん、落ち着いて」と今までお母さんと話をしていたつるつるハゲの刑事が言った。

「お嬢さんですか。ご遺体、ご覧になりますか」

「え……」

「おまえ、見といたほうがいいよ。あたしだって見たんだから。でも、最初に見たのは北山さんなんだって」

　お父さんはブルーの工事用のシートみたいなのをかぶせられてた。まわりでいろんな人がいろんなことをしていた。いつのまにかわたしの部屋にもはいりこんで、鍵がわりの留め金なんかまでじろじろ調べてる。

　わたしがためらってると刑事がまるでプレゼントの包みをあけるみたいにゆっくり、しつかりシートをめくってくれた。

　お父さんは血だらけ。もうそれしか見られなかったけど、胸のあたりが異様にこげてる。

「どうしたんですか、これ」

「タバコの焼け焦げだね。倒れるときに、タバコの上に倒れたもんだか」

「……」

　昼ごろから寒い感じがしてたんだけど、これじゃ熱が出るに決まってる。

「これは、お宅のですか」とだれかがわたしの部屋のフスマの陰から顔だけ出して言った。

ベッドの下からむかしの彫刻刀をひっぱり出していた。

「あ、はい」

「あかないな、これは」とサックがサビかなんかでくっついてるのを懸命に引っぱってる。

「それ、古いんです」

「そうだね。これは関係ないね」と言いながら、その人はそれでもサックをはずして刃が茶いろくサビているのを確かめてから、

「四の二、って書いてある」

「四年二組だったんです、この子。そこの、西白石小学校ですの」

「刃物をね、集めとるんですよ。凶器がまだ見つからなくてね」とハゲ刑事が説明しながら、ブルーのシートをようやく戻してくれた。

「お嬢さんの指紋も、あとでいちおう採集させてもらえますか。不審な指紋を検出するのに、この」

「だけど、この子の指紋はもう登録してありますよ。ねえ、久美子」とお母さんが余計なことを言った。

「登録？」

「何て言うのか知りませんけど、この子、ほれ、七月に藤田浩平って子が殺された事件がありましたでしょ」

「あ、そうでした、そうでした」

「ねえ。奇遇っていうのか、手間がはぶけてよろしいですね。不幸中の幸いっていうんですか」

「いやあ、奇遇ではないかもしれんのですよ、奥さん。お嬢さんがさらわれたのだって、島村さんがＰＪ会から大金を手にしたからこそ、起こったのかもわからんのです。ねえ？」とわたしに言われても困るんだけど、刑事は自分の手帳に目をもどして、

「ともかく島村さんは北山厚夫とかたらって、問題を起こした中学の先生の反対運動をソシしようとしてた、と。その話をＰＪ会に持ちかけて、反対運動の弁護士にケガを負わせることで、見返りの報酬を得た、と。そこまでうかがいました」と言うのでびっくりした。

「ケガって、里緒先生ですか？　お父さんがやったの？」

わたしもう、アタマの中ぐちゃぐちゃ。だって里緒先生が骨折した話だって、わたしはつい最近聞いたばっかだったから。

「被害者は岡本里緒さんです。実行犯は北山厚夫のようです」と言ってから刑事はまたお母さんのほうをむいて、

「ただＰＪ会との交渉、現金の受け取り、それには島村さんも絡んでいたようです。奥さん、そうですね？」

「そうですね、って言われましてもねえ。あの人の悪だくみは、昔からあの人が勝手にや

って、小遣い銭のタシにしてただけですから……」

「昔のことはまたゆっくりうかがいますが、ＰＪ会の件に関しては、小遣い銭程度じゃなかったんでしょう？　この件についてては、まんいちの場合でも、奥さんは共犯にはなりませんから、安心してしゃべってください。それともここじゃ落ち着かないって言うなら、署のほうまでご同行いただけますか？」と言いながら刑事は手でいろいろ指示を出して、お父さんはブルーのシートごとタンカに乗せられて外へ運ばれていった。

「いいえ、けっこうです。ここでもう、なんでもお話しします。久美子、お水」とお母さんはまるで共犯にならないと聞いて安心したみたいに、声を低くして言って、お店で困ったことが起きたときの顔になった。

　確かに刃物を集めたらしくて、台所には包丁が一本もなかった。勝手口は指紋を調べるクスリで白っぽくなっていた。

わたしが水を持っていくと、お母さんはゴクゴク飲んで、

「ぷはー」

「ではどうぞ」とハゲ刑事は手帳と鉛筆をかまえた。

「はい」とお母さんはトントンと帯のあたりをこぶしで叩いてから、

「あの人、北山さんにそそのかされて、ときどきあぶないことにも手え出してたみたいなんです。悪い誘いにすぐ乗るほうで、困った人なんですよ。だからこっちも、『今度は何

やってるの』なんて、聞きやしないし。そのへんは見て見ないフリをするしか、しょうがなかったんですよ。そうでしょう？」と、話しているうちにだんだんスピードがついてくるのはお母さんのクセだ。

「あたしにしてみたら、まあたまには留置所にでもぶち込まれて、それで反省してくれればいいかな、ってぐらいに思ってたんです。若いころからそういう人だったんだもの。若いころはもっとひどかったですよ、そりゃあ」としんみりしかけたけど、刑事の視線にせっつかれて、

「そうそう。そしたら今度という今度は、ずいぶんキゲンがよくて、『どうやら運がむいてきたぞ』なんて言って、こっちが聞かなくても、寝物語に話してくれることがあって、それがその、北山さんの入れ知恵で、ＰＪ会だかと話をつけてヒトヤマ当てる、って話だったんです。ですから、みんな北山さんの入れ知恵なんですよ。こっちもああ、またかと思いましたけど、ＰＪ会なんて知りもしないし、ＰＪだかＤＪだか区別もつかないんですから、うつらうつら聞いてただけなんですよ。ほら、今年の夏はむし暑くって、寝るに寝られない日がつづいたじゃありませんか。そのころのことですよ」

お母さんは水の残りを飲みほした。だまってメモを取るハゲ刑事の鉛筆は、おしりに薬屋で見るちびゾウがついててかわいかった。

「そりゃ、すこしは心配しましたよ。『ＰＪ会ってあんたが去年仕事をしたとこかい。お

世話になったのに、恩をアダで返すようなことをしていいのかい』って言ったんですけど、『なあに、アダじゃねえ、面倒な弁護士をちょっとこらしめるだけなんだから、それこそ恩返しなのさ』なあんて言って、『こらしめるったって殺すわけじゃねえぞ。弁護士を手始めに、そいつとツルんでる親連中を、ときどきドヤシつけるだけで、連絡会だの協議会だのなんてものは、ビビって空中分解しちまうものなのさ。厚さんの言うとおり、むこうはシロウトの集まりなんだからさ』って、お母さんはだんだん夢中になっちゃった。

「『初回は頼まれもしねえのにこっちが一発かましただけだから、十万程度で引きさがったけど、なにしろあっちにはＰＪ会ってでっかいバックがついてんだから、だんだん値段を吊りあげてって、とうとう連絡会がワヤになった日にゃあ、一千万ぐらいははいってる寸法さ。こういう取り引きははじめ割安、それから値上げ、ってのが鉄則なんだ。一千万にはなるさ。へへへ、そうなりゃ、厚さんと山分けしたって五百万だ。だけどＰＪ会とのコネも、交渉も、全部おれがやってんだから、おれの取り分は七百万はくだらねえはずだ。そうなりゃ当分左ウチワだぜ』。え？」とお母さんはふと見ると刑事さんがにやにや笑っているので中断した。

「あたし何か、おもしろいこと言いました？」

「いや、じょうずですよ。話が。声色つきだし」

「あらまあ。いやだ」とお母さんはほっぺたに両手をあてて、「亭主が殺された晩にしゃべっても、お店の調子が出ちゃうんだわ。どうしましょう。悲しいサガだわ。おおいやだ」と言いながら、かえってうれしそうな感じだった。

「で、それからあとは、どうなったんです？　今の話だと、現金のやり取りは一回きりのように聞こえますけど、それだけだったの？」

「さあ、はっきりとは知りませんけど、そう言えばしばらくしてから、むこうさんが入院しちゃったとかで、『しばらくこの話はオアズケになったさ』って言ってたことがありましたね。だからこのごろの話は、藤田さんの慰謝料の話ばっかり。ほら、この子の事件の」

「はい。奥さんは北山厚夫とは、このＰＪ会の話をしたことあります？」

「ないですよ。あの人、あたしが嫌がるのを知ってるから、そんな話、あたしの前ではしやしませんもの。そこが不思議なものでねえ。近所の人は『島村さんのほうがよっぽど怖そうだ』って言うんですけど、あたしはちょうど反対で、北山さんに会うとなんだかヘビににらまれたような気がして、どうもだめなんですよ」と言うと、お母さんは北山が後ろで聞いてるみたいに後ろをふりむきながら着物のエリをかきあわせた。

「そうすると、しばらくオアズケで、最近はＰＪ会がらみの話は何も出てなかったと。こういうことで間違いない？」

「ないですね。そりゃたまには、夢だけは持たなくちゃって、一千万はいったらどうしよう、『家でも買うか、ローンで』って、そんなことは言ってましたけどね」

「ローンで家を。意外に堅実な面もあったんですな」

「堅実って、そりゃあなた、そういう面もなかったら、十年も二十年も一緒にいやしないですよ、いくらあたしだって」とお母さんは完全にノロケた顔になったので、

「まだ今年で八年めだよ」とあたしは言ってあげた。

あのハゲの刑事、あれから『志津』にたまに顔を出すようになったらしい。それがお母さんのネライだったかどうかは知らない。刑事もお母さんをどこかあやしんでいるのかもしれない。

ノート NO.6

1 里緒

同時並行的に聴取された島村志津子と北山厚夫の証言の内容はほぼ一致していた。北山が私を襲い、それをミヤゲ話として島村義夫が札幌市教育会館をふたたび訪れて中等教育委員長大城祥子に面会を求め、十万円を手に入れた。これからも折りを見てまたときどき襲撃をくりかえす、という約束が、大城委員長とのあいだにできあがっている、と島村は北山に語った。ただしその後まもなく委員長は緊急入院してしまって、連絡が取れていない。島村・北山側も事件は何も起こしていない。

ただ、島村義夫は妻の志津子に自分の悪だくみを逐一報告したわけではなかったようだから、二回めの現金の授受があったのかもしれない。あったとしても、自分もそれを知らされてはいなかった、と北山は述べた。本当に知らされないままだったのか、あとから知って激昂したのか、そのあたりはまだなんとも言えない、というのが警察の見方だった。

千鶴が札幌滞在を一日だけしか延ばせないことがわかったので、私は忙しい上原警部補に無理を言って、できるだけ小まめに捜査本部の情報を知らせてほしいと頼んでおいた。

島村志津子と北山厚夫の証言について教えてもらったのは、翌日の十時ごろのことだった。

「それから」と警部補はつけくわえて、「岡本先生は七月の傷害事件の被害者ですから、北山が逮捕されて、あらためて書類を作る必要がありますのでね。中の島署にかけあったら、こっちで処理してかまわないということだったので、どうせなら山崎先生がお帰りになる前に、一緒にこちらに寄ってみてはどうですか。今はみんな出はらってますけど、四時過ぎには情報を持ちよって集まるだろうと思うので」

前にすわってコーヒーを飲んでいる千鶴にその件を伝えると、にっこりうなずいたので、

「あ、ありがとうございます。それじゃ四時半に」ということになった。

私の事件の日、島村はやはり帯広に行っていたことが確かめられていたが、北山が犯行を自供している以上、もうそれはどちらでもいいことだった。

電話を切ってから、

「さて、四時半までのあいだ、どうしたらいい？」

「まずちょっと、藤田洋次郎さんのお宅にもう一度行って、浩平君のことを聞きたい。とくにＰＪ会のこと。それから『道々企画』」

「いいよ。きょう一日だから、私も一緒にくっついて行動するわ」

「ありがとう」

「でも、なんだか調子出ないみたいだね」

「そんなことないよ。ポーン、ポーン」

「なに、ポーンポーンって」

「元気の音」

「それはいいんだけど、きのう殺された島村のことじゃなくて、浩平君の周辺ばかり調べるの、どうしてなの？」

「島村の周辺も北山の周辺も、今警察が調べているさいちゅうだからね。あたしは一人だから、一発逆転を狙うしかないの」

「逆転。どんなふうに？」

「……わかんない」

「そう言えば、あなたきのう留萌線に乗ってきたんでしょ。なにか発見したって言ってなかった？」

「したはずなんだけど、なかなか繋がってくれないんだな、これが」とだけ千鶴は言って、くわしく話そうとはしなかった。

藤田洋次郎の家では洋次郎は病院に出ていて、イソ子夫人が私たちを迎えてくれた。もちろん洋次郎は島村義夫の生前最後の目撃者になったので、前夜のうちに警察が訪ねてきてあれこれきかれたらしい。

「警察と言いましても、こんどはよそ様のことですから、主人も落ち着いておりましたけれども」とイソ子夫人はきょうはコーヒーを出してくれながら言った。「浩平のときは、ゴルフの練習から帰るなり電話があって、真っ赤な顔して飛び出ていきましたの。わたしはわたしで、四日も寝込んで、お葬式も満足に出られませんでしたの……」

私たちは藤田家の応接間にいた。ピアノがあって、見たところ本物っぽいオキナの能面がかかっていた。フランス窓からは庭のシラカバが見えていた。

「奥様、PJ会って、ご存じですか？」とやがて千鶴がたずねた。

「PJ会って、あの、新興宗教みたいな……」

「はい。お宅は、それにははいってらっしゃらない……ですね？」

「ええ、ウチはなんもそういうことはしておりませんけど……」

もちろん神棚なんかは見あたらなかった。藤田の家は浄土真宗ということだった。洋次郎氏が次男なので、浩平の死後、滝野霊園に行って、二人で墓を買いもとめたという話をイソ子夫人はゆっくり話した。滝野霊園は真駒内の南の、広大というより地平線までつづく雄大な霊園で、見方によればもっとも北海道らしい風景だろう。

「ここなら浩平も、のんびりできるんでない」と二人で話しあったというクダリまで来ると、また夫人はうっすら涙を浮かべた。

「そうすると、浩平君がもしPJ会の人と知り合ったとすれば……友達関係はどうでしょう」

「さあ、友達のことはわからないですけれども……PJ会って名前、聞いたことないですものね」

「あの、ちょっと浩平君の部屋を見せてもらってもいいでしょうか。何か残っているものでもあれば……」

「はい、あれから何も片づかなくて、そのままにしてありますけど、よろしかったら……あ、部屋は二階なんですけど、その……」

「だいじょうぶです。礼さん呼んでくれる？」

私が礼二さんを呼びに行くと、慣れたもので、礼二さんはまず千鶴を別の椅子にすわらせて車椅子を二階に運び、それからおりてくると千鶴をひょいとおんぶして、よろめくでもなくまた階段を昇っていくのだった。

浩平の部屋はあかるい広い洋間で、ベッドや勉強机だけでなく、テレビも大きなスピーカーも、ロッキングチェアまでしつらえられていた。これだけの部屋を与えられて、それでも一人暮らしをしたいという少年のわがままは、函館の小さな官舎育ちの私にはさっぱり理解できなかった。

千鶴は書棚や机の上の本をていねいに見ていった。ＰＪ会のパンフレットのようなものを探しているのだろうか。だがあらかたはマンガばかりの書棚だった。『スラムダンク』、『ジョジョの奇妙な冒険』……。壁にはＯＡＳＩＳというグループの大きな写真がパネルに入れて飾ってあった。

「これはなんですか？」と千鶴が床を指さして言った。

小型のバーベルが五本、そのうちの二本には長いヒモが結んである。

「それはまだここにいたころ、浩平が買ってきたんです。運動するのかと思ったら、そうじゃなくて、なんだか実験してるんだとかって、そうやってヒモをゆわえて、塀からぶらさげたり、物干し竿にぐるぐる巻きつけてみたり、何だかごそごそやってましたね」

「何の実験でしょう」

「さあ、あのころは、いろんなことをはじめては、ほったらかしにしてましたから。雪を入れたバケツの重さを量ったり、その重いのを持ってって、バケツと重さの比べっこをしてたこともありましたね。……なんだか思い出すとおかしいですね」とイソ子夫人はなつかしそうに微笑して、千鶴よりも長いあいだバーベルを見ていた。

「これも実験用ですか？」と千鶴が次に指をさしたのは、勉強机のまん中にたたんで置かれたシーツだった。

「あ、それは浩平があっちで最後に買って、まだ使ってないからって、警察が返してくれましたの」

私も顔を近づけてみた。最初の折り目が解かれていない未使用のシーツらしいけど、包装のセロファンはもうなくなっている。

「最後にというと、七月二十七日ですか」

「領収書があって、二十六日の午後二時ころでしたね。その、島村久美子さんって方にお会いする、ちょっと前になるんだそうですけど」

「ははあ」

千鶴はクスクス笑うかと思ったけど、そういう反応ではなく、かえって考えこんでいる。シーツを買ってから女の子をナンパするなんて、あまりにもゲンキンなやり方だと私は思ったのだけれど。

でも途中から誘拐に話むきが変わったのなら、どうして包装を解いたのだろうか。

「刑事さんはまだ使えますよ、って言うけど、まさか使えませんものね。だけど捨てるわけにも行きませんでしょう。だからしばらくここに置いといて……。これも浩平が、一回はさわったものですものね」とイソ子夫人は浩平の動かない手をさするようにシーツにさわった。

円山の『六花亭《ろっかてい》』のレストランでお昼を食べたかったのだけれど、レストランは二階でエレベータがないのであきらめて、近くのお寿司屋さんへ行った。

そこはお店が混んでいたので、私たちはのんびりした話ばかりしていた。礼二さんも一緒だった。私はバーベルやシーツの謎をどう考えるのか千鶴にきいてみたかったけれど、千鶴はそんなことはぜんぜん気にしてないみたいだった。

礼二さんがお相撲が好きで、ちょうど九月場所が終わったばかりのころだったので、お相撲の話がしばらくつづいた。優勝したコトニシキとかいうお相撲さんがハンサムだと千鶴は言った。礼二さんはワカハナダと何とかハナダという兄弟力士がこれから大関や横綱になるのを楽しみにしていると言った。

私にとってお相撲さんの名前は、千鶴にとっての北海道の地名ほどにも珍妙な感じだった。コトニシキとコニシキが試合をしたら、どうやって耳で聞きわけるのだろう？

千鶴は時間があれば礼二さんをお相撲に連れていくのだと言っていた。

「このごろはゆっくりお相撲も見せてあげられなくて、ごめんね、礼さん」と千鶴が言うと、

「いいえ、もうたっぷり見せていただきました」と礼二さんは笑っていた。

それから私たちは『道々企画』にむかった。

『道々企画』はススキノの東のはずれの小さなビルの二階だった。このビルもエレベータ

がないので、礼二さんが千鶴を背負い、私がたたんだ車椅子を抱えて狭い階段を昇った。

「こんにちはー」と言いながら、窓も何もない鉄板のドアをそうっとあけると、狭い事務所仕様の部屋で、スチールのデスクが二つ、いちばん奥に社長とおぼしいでっぷりのオジサンがすわって、ソファにすわった客と話していたが、ぴたっと話をやめて私たちをじろりと見た。

私は千鶴の名刺を受けとって社長のデスクに置いた。

戻りがけに会釈しながらソファの客をふと見ると、なんと加藤光介ではないか？　ドキッとして、それを千鶴に耳うちしようとした瞬間、千鶴もちゃんと写真を覚えていて、

「あの、加藤光介さんですか？」と今度は自分で車椅子を動かして加藤にも名刺を渡した。

答える前に加藤は名刺をていねいに読んでから、たっぷり十秒も私たち三人の全身を見まわした。

「……そうだけど」と、すごく低い声だった。

「あたしたち、亡くなった藤田浩平君の父親の、藤田洋次郎さんの友人なんですけど、浩平君の生前の知り合いを探していまして。浩平君はここでアルバイトをしたことがあるって聞いたもので、それで来てみたんですけど。でもたしか、加藤さんも浩平君のお知り合いなんですよね」

加藤はだまって社長をふりかえった。

「なんだって？」

「ほら……津野の後輩で、こないだ殺された……」と加藤。

「ああ、あいつがどうしたって？」と社長は顎《あご》にたっぷりな皺《しわ》を作って私たちを金ぶちメガネの上から見やった。

　社長ははまりこんだ椅子から立ち上がれないのじゃないかと思うほどふとっていて、まばらな白髪を後ろへなでつけた六十歳ぐらいの男で、私たちを警戒しているというよりは、ドアがあいた瞬間の警戒をようやくゆるめたという感じだった。

「ここでアルバイトをしたことがあるって聞いてきたんですけど」

「ああ、うん、それなら覚えてるけども、三日か四日だけだよ。あの子の連れのほうは、二週間来たけどもさ、あの子は三日か四日だけさ」

「なにか覚えてらっしゃることあります？」

「そうねえ、マジメな子だったね。ホテルの鏡をね、運んで取り付けてもらったんだけど、鏡って重いからね。途中でヤになったんだべさ。ふつうならプイッと来なくなるところだのに、三日か四日したら、ここまで来てさ。『やっぱり勉強が大変だから、辞めさしてもらいます』って、アイサツするわけさ。ね。そして、『約束の日数来なかったから、給料はいりません』なんて言うからさ。いまどきめずらしい子だなあ、と思ったのを覚えてるよ。だから、『そうだなあ、こっちも困るけど、あんたも困るだろうから、そしたら半分だけやっか』ってね。給料半分払ったさ。そしたら喜んで、ぺこっとアタマ下げて帰ってったなあ」

するとと加藤は何も言わなかったが、かすかな笑みを浮かべて小さくうなずいた。

「ほんとに、マジメな子だったんですけど、なんかグレちゃって」と千鶴が言うと、

「いや、あはは、このあたりで、あれでグレたなんて言ってたら、ほんとにグレたやつが怒るんでないかい、はっはっは」と社長は笑い、千鶴も私もなんだか合わせないと怖い気がして一緒に笑った。

壁の棚には書類ファイルのほかに金メッキのポールだのフレームだのが雑然と置かれていた。万国旗らしい長いひも製品が棚からこぼれて、日の丸ならともかくスイスの国旗とかがこんなところにぶらさがっているのはなんだかおかしかった。

「で、社長、島村義夫さんって人はご存じですか？」

すると二人はさっと目つきを変え、社長の椅子がギギギときしった。

「島村？　ゆうべ殺された男かい」

「……はい、いちおう」

「あんたがた、警察の何かかい？　こっちは関係ねえぜ」と言う社長の声がうなるように低くなった。この種の人たちはさすがに殺人事件には敏感らしい。

「とんでもない。浩平君が殺された日に一緒にいたのが、島村義夫さんの娘さんなんです

よ。だから、まさか知り合いじゃないとは思うんですが……」

「それ、誘拐の話だろう？　そりゃ、知り合いの娘を誘拐するはずはねえだろうさ。なあ？」と社長は加藤に同意を求めたが、加藤は何も言わなかった。

「ところが、島村さんの友達に、北山厚夫という人がいて、その人は浩平君を知ってる可能性があるんですよ」と千鶴は私まで驚くような意外なことを言った。

「北山？　それなら知ってるよ」と言ってから社長は声をひそめて、

「津野がよく仕事をさせてる左官屋だろう」と加藤にたずねた。

加藤はだまってうなずきながらまたこちらを見た。細い目、細い鼻、細いアゴ。やっぱりまともに見られると怖い。

「そりゃよかった。来た甲斐があります。北山さん、浩平君とここの仕事で知り合ったんじゃないですか？」

「いやあ、あの子がちょこっとやった仕事はホテルの内装だから、北山には関係ねえはずだけどな。だけどあんた、それを聞きたいなら直接北山のとこへ行けばいいじゃねえか。会社なら教えてやるよ」と社長は机の脇の棚から書類ファイルを取ろうとするのを、

「ええ、会社はわかってるんで、あとで行ってみようと思ってるんですけど」と千鶴は手を振ってことわった。社長も加藤も、北山が私の事件でゆうべ逮捕されたことは知らないらしい。

「あたしたちはただ、浩平君のことが知りたいだけなんで……加藤さんも、浩平君が島村とか北山と知り合いだったたっていう話、聞いてないですか？」

加藤は答えたものかどうか、面倒くさそうな顔で千鶴や社長を見てから、

「……聞いてないね」スピーカーを通したみたいに低いけどよく響く声だった。

「そうですか。あの……ＰＪ会っていう……」

出た、と私はドキドキしたけど、社長も加藤も表情は変わらなかった。

「ＰＪ会の人、どなたかと、浩平君は知り合いはいなかったですか？」

「ＰＪ会って、あのＰＪ会かい。浩平って子のことは知らないぜ、なにしろ三、四日のことだからな。まあこの世界は、いろんな宗教の人がたがたくさんいるから、中にはＰＪ会もいるだろうけどなあ」

「鏡ばりの仕事をしたときには、現場監督のような方は……」

「現場かい。それはね、そこの橋口《はしぐち》ってガラス屋さ。行ってみるかい」

「あ、住所お願いできますか」

「いいよ」と言って社長は書類ファイルを開いて、メモ用紙に『橋口ガラス店』の住所を写してくれた。

「橋口ガラス屋がＰＪ会だなんて話は聞いたことないけどな。ま、せっかくその不便なかっこうでここまで来たんだから、ミヤゲの一つもないと困るしょう」と社長は笑いかけな

がら千鶴にメモを差し出した。

「ありがとうございます」

そのときドアがあいて、水商売ふうの女の人がはいってきた。

「社長いる？」

「いるよ」

「おまえか。またサボりに来やがったな」と加藤が親しげに言った。なんだか目つきもやさしそうになった。

「そうじゃないのよ。あ、話してていいの？」と女は私たちに遠慮して立ちどまった。

「ああ、この人がたはね、藤田浩平って、こないだ殺された若いモンの知り合いを探してるんだと」

「ああ、あんときは加藤さんもえらい目にあったよね」

「ばか、この」と加藤は怒るのではなくむしろ吹きだしながら言って、

「お客さんの前でよけいなこと言うんでねえ」

気をゆるした加藤には長万部らしい浜コトバのなごりがあったけど、私はそれ以上に、加藤の表情の和らぎぶりに驚いていた。

女は加藤の隣りにすわるとさっそくバッグからタバコを取り出した。鼻がつんととがった美人で、ラメのセーターを無造作に着ている。手も足も爪がムラサキだった。

「そういえば私のお客で、あれはおれがやったんだ、って言ってた人がいたな」と女は煙りを吐きながら意外なことを言った。

「え、誰ですか、その人？」と千鶴。

「え。どうせハッタリに決まってるじゃない」

「でも何かのきっかけになるかもしれませんから」

「そいつは学校の先生。その藤田って子を、教えたことがあって、ナマイキだから学校から叩きだしてやった、って言ってた。それでもまだこのへんうろうろしてやがるから、ぶっ殺してやった、って。いけすかないやつだよねえ。あの野郎、小さいくせに、あっちの元気だけいいんだよ」

「それだけいいお客さんだべ」と加藤が言った。

「わかってるって。だからいつも大事にしてやってるじゃないの、もう」と女は怒ったように声を張りあげた。

加藤はだまって女の膝をぽんぽんと叩いた。

「その人、きっと田丸耕治ですよ。宮の森東――」と千鶴が言いかけると、すかさず加藤が手で制して、

「そういうことは、こっちは聞かねえことになってるんで」

「あ、すみません……」

「やっぱりいちばんスケベなのは、お寺さんと学校の先生だべ」と社長が言った。

「お姉さん、『コロボックル』ってピンサロの方ですか？」

「え？　私はソープ。そこの『ハスカップ』ってとこ。だけどあんたがた、ピンサロの募集……じゃなかったよね」

「はあ」

「違うよね、ははは。あんたがたなら、一発採用だけどねえ。ねえ、社長」

「はっはっは、まずな」と社長はおかしそうに笑った。

「えー、あたし、こんなかっこうですよ」と千鶴は車椅子にさわった。

「そりゃ、ピンサロでワッセワッセやるのは無理かもしれないけど、ソープならバリアフリーのお店が、このごろいくつかできてるから」

「へえ、進んでるんですねえ、ススキノは」

「でしょう？」

するとと加藤が近づいてきたので私たちはオタオタしたが、

「あんたたち、要するに浩平殺しのホシを追っかけてるのかい」

「え……まあ、できれば」

「そうか」と言うと加藤は白いブレザーの胸のポケットに手を入れたので、ぜったいナイフか拳銃が出てくると思って私は声をあげそうになったけど、出てきたのは財布だった。

加藤は一万円札を数枚千鶴の手に押しつけた。

「これ、使ってくれ。あいつには借りがあるんでな」

「あ、あ……」

「頼むぜ」と言うと加藤はすっと背中をむけて離れていった。


帰り道。予想どおり、千鶴のアタマは完全に加藤に占拠されていた。

「しびれたよ。もともとしびれてる脚がジーンとしびれたの。わかる」

「わかんない」

「今夜はあの人とすごしたいなあ」

「だめ。あなたは今夜東京へ帰るの」

「チェッチェッチェッチェッ」

「それより、あの田丸の行状。許せないよ」

「うん」

「うんじゃないでしょ。許せないでしょ」

「ちょっと、いまはせつない思い出にひたらせて」

ススキノはまだ昼下がり。なのに、陽ざしのほうが間違っていると言わんばかりのネオンの点滅と人通りだ。でも、ソープランドの女性と加藤という、今まで会ったこともない種類の人たちと会ってみて、私のススキノのイメージも変わってきた。

札幌というのもなかなかすごいところだ。

ついでなので私が車椅子を押して『橋口ガラス店』に行ってみたが、こちらは島村義夫も北山厚夫も知らないし、ＰＪ会にも関係はないということだった。


四時に円山警察署へ行くと、ちょうど上原警部補が戻ってきたところだった。てきぱきと歩いてきたけど、警部補の口調はいくらか重かった。

「いくつか、わかりましたけど、どうもピンとくるものがないですね。島村義夫の銀行通帳、志津子のものもふくめて全部出してもらってチェックしましたが、一千万はおろか、百万も入金の記録はありません。これは北山厚夫も同じです。念のために両方とも家捜しをしましたが、まとまった現金も隠し通帳も今のところ出てきてません。ただ、島村が現金で大金を隠し持っていて、犯人がそれを奪いとってから逃走したとも考えられますのでね」

「家の中は荒らされてたんですか」

「いえ、志津子も久美子も家を出る前ととくに変わったところはないと言っています。金庫の鍵は島村のポケットにそのままありましたし、ほかに盗品もなさそうだということで。もっとも犯人は、現金のありかをはじめから知ってたのかもしれませんけど」

「北山がその犯人だとすると——」

「はい、北山は岡本さんの件で逮捕してあるので、当分アブラをしぼって、犯行後すばやく現金を奪ってどこかへ隠したのではないか、追及していく予定です」

「殺してからいったん現場を離れて、現金を隠してからまた現場に戻って発見者になります。そういう可能性ですか」

「そのとおりです。周辺の植え込み、物陰、車の中なんかをふくめて捜索中です」

こういう話になると私は警部補と千鶴にまかせておくほかなかった。

「北山以外の可能性は？」

「それはこれからですね。現場からは指紋をはじめ、手がかりになりそうなものは何も出てきてませんので、いきなりＰＪ会関係を疑ってかかるわけにもいきませんし——」

「ゆうべの犯行は、島村義夫が自宅に一人でいるというわずかな時間帯を狙ったものですから、藤田洋次郎氏が四時に島村宅を訪問することを、あらかじめ知っていた者の犯行だと考えることはできません？」

「できます。ただその範囲が広がっちゃって」と警部補は手帳をめくって、「藤田さんは昨日の件は誰にも話してないということで、そちらの線から出てくるのは、せいぜい奥さん」

「それとあたしたち」

「はい。それだけなんですが、島村の奥さんの志津子さんは、お店の親しいお客さん何人かには話している。久美子さんも親しい友人の何人かに話している。肝心の被害者も、仕事場で『棚からぼたもちで五十万だ』って、吹聴してたらしいんですよ。だからどこからどうめぐって犯人の耳に届いたか、ちょっと追跡調査は時間がかかりますね。極端に言えば、その中の誰かが、慰謝料の五十万そのものを狙って包丁を持って乗りこんだ、なんてケースも考えられなくはない」

「そうなっちゃうか」

「ただ、犯行時刻が短く限定されていますから、その点だけは手間がはぶけて助かります。おおよそ四時半から五時までの三十分間だけ調べればいいわけですから」

「アリバイ調査が当面必要なのは――」

「島村の仕事仲間は相当いろんなのがいますからわかりませんが、奥さんの志津子さんにアリバイがないのが、ちょっと困ると言えば困るんですね」

「お店で一人だったわけか」

「はい、ゆうべは手伝いの女性は六時半からという約束で、五時には奥さんは店に出て、開店準備の煮物の下ごしらえを一人でしてたということで」

「お店は自宅から――」

「徒歩十分ですね。白石区菊水七条《きくすいななじよう》、居酒屋『志津』。ただしきのう奥さんは二時から四時までグランドホテルで、お花の先生だかのパーティに出てましたけれども」

　二人のやりとりはまるで同僚の刑事たちみたいだった。ただ警部補がときどき質問をうながすように私のほうをチラチラ見るところだけが違っていた。でも私には質問なんか浮かばなかった。

「加藤光介は島村も北山も、両方知ってるみたいだったけど……」

「それは前からわかってますが、たまに仕事の関係があるだけみたいですね。マージャン仲間も遊ぶ店も、ぜんぜん違うみたいですよ。それともう一回加藤を疑ってみます？」

「うーん。疑うと何かいいことあるかしら？」と千鶴が妙な口調で言ったので、警部補はちょっとドギマギと私を見たけど、私にもフォローなんかできなかった。

　そのとき若い刑事が茶封筒を警部補に渡しにきて敬礼をして去っていった。

「あ、これがゆうべの現場写真です」

　千鶴は封筒を受け取ると、中の写真を一枚一枚、まるで記憶に焼きつけるようにていねいに見ていった。とくに彼女の注意を引いたのは島村義夫の胸のヤケドだった。

　私もその写真を見て、思わず「オエッ」と言った。

　ヤケドはほとんど右の乳首の上で、乳首が乳輪にくっつきそうにひしゃげている。中年男のふつうの乳首でも気持ちわるいのに、ヤケドしてただれているのだからなおさらだった。生きていたら一生変形が残っただろう。

アンダーシャツには丸く焦げ穴があいていた。その上に着ていた化繊の黄色いシャツの焦げ穴は直径十センチほどだった。たしかに位置関係によっては燃えひろがっていたかもしれないが、うつぶせだったために途中で血にまみれて火が消えたらしい。実際、血に消されてつぶれたタバコの吸い殻の拡大写真もあった。

「これ、何の意味ですかね」と千鶴が言った。

「意味。さあ、たまたまそういうふうになったと……」

「生体反応があったって話でしたよね」

「はい、それはこのただれ部分からもうかがえますね」と警部補はためらいなく島村の乳首のアップ写真に指をふれた。

「ということは犯人が島村を苦しめるために、まだ生きているうちにここにタバコの火を押しつけたか——でもそれだと、声をあげたり暴れたりするかもしれないですよね」

「はあ……」

「あるいは、島村が熱いのをがまんして、あえてタバコを自分の胸に押しつけた——」

「なんのために?」

「……なんのためでしょう」

「だから無理にそう考えなくても、たまたま倒れたときにタバコが胸の下にきちゃったけど、どかす力が残ってなかった。それでどうですか?」

千鶴は自分の胸に片手の指先をあてて、そのまま椅子から転がり落ちるマネをした。

「こうですか。……どうも姿勢が不自然になる気がするなあ」

そのときまた別の刑事が来て、今度は上原警部補を別室に呼び出した。シロウトに解説してるヒマがあったら、しっかり仕事をせい、と警部補が上司にしかられるのではないかと思って私はひやひやしたが、まもなく警部補はものすごいスピードでこちらへ戻ってきてくれた。

「浩平君の殺害現場に、マイルドセブンの吸い殻が残されてたのを覚えてますか」

「ええ」と私たちは同時に言った。

「その吸い殻と血液型が一致する人物がようやく見つかりました。島村義夫です」

「え？」と私たちはまた同時に言った。

「つまり島村が自分の娘を誘拐したってこと？」

「常識的に考えれば、そういうことになりますね」

「それ、ぜんぜん常識的じゃないですよ」と千鶴は混ぜかえしたけど、警部補は微笑さえ浮かべないで、

「わかってます。でもこれで、島村の件もあわせて、こちらに合同捜査本部が設置されることが正式に決まりました」と言った。

警察の人は捜査本部が拡大すればするほどうれしいのだろうか。

「ちょっと忙しくなります。これで失礼します」と、警部補は来たときみたいにてきぱき去っていこうとしてから、

「あ、山崎先生、多大なご協力ありがとうございました。気をつけてお帰りください」

「はあ」

私と千鶴は暗くなりかけた円山署の二階でしばらく途方にくれていた。

「帰れだって」とまた千鶴はふてくされかけた。

「すくなくとも島村の吸い殻は、浩平以外の犯人が久美子と顔を合わせようとしなかった事情を説明するね」と私はようやく推理したことを言った。「父親なら、まさか顔を合わせられないものね」

「そう。それともう一つ大事なこと」と千鶴はすぐにつけくわえて、「あのヤケドは島村殺しの犯人がわざわざ残したものだったんじゃないかな。メッセージは、『タバコをよく調べろ』ってこと」

「つまり今度の犯人は、島村が浩平の事件に関わってたことを知ってる人だ、っていうわけ？」

「そう、しかも相当余裕があるやつ」と言って、千鶴はようやくちょっと微笑んだ。「敵ながらあっぱれ」とか、そういうことを言いたいような微笑だったのかもしれない。

それでも、もう千鶴が東京へ帰らなくてはならないギリギリの時間だった。私は北山を

送検する書類を作るために円山署に残り、礼二さんの運転する特別仕様のレンタカーは、さんざん後ろ髪を引かれているかわいそうな千鶴を乗せて札幌の街を去っていった。

ところがそれからまた捜査は行きづまった。札幌のいちばん長い季節、冬にむかって、空模様のようにどんよりした時間が流れることになった。

島村義夫が自分の娘の久美子を誘拐した、という意外な可能性にだんだん慣れてみると、その可能性をささえる筋書きは、けっきょく一つしか考えられない。手にした一千万円を北山厚夫と山わけするのではなく、ひとり占めするために誘拐事件を起こして、一千万円は身代金として全額奪われたことにする。それなら北山も、取り分をよこせと騒ぎたてることもできないだろうし、騒ぎたてたところで、ない袖は振れないと知らん顔をしていればすむ。誘拐犯はＰＪ会の回し者だと北山に説明することもできる。つまり島村は被害者をよそおいたかったのではないか。もともとの条件が平等な山分けではなく、北山が七割、八割を取ることになっていたとすればなおさらだ。

実際、久美子の誘拐を知った島村にあわてた様子がなかったのは、誘拐についてあらかじめ知っていたからなのではないか。それに浩平の部屋に仲間がやってきたとき、久美子はかすかな声を聞いて、お父さんが来たのではないかとなんとなく思った、と述べている。久美子自身はそれを自分の願望から出た錯覚として片づけているが、じつはそれこそが本物の事実で、浩平と島村は現場で密談をかわしていたのではないか。その密談が、何らかの手違いによって、殺人事件に発展したのではないか。

島村が誘拐犯の一人だと想定することによって、犯人が事件の直後に一一〇番をした理由も納得しやすくなる。警察になるべく早く駆けつけてもらうことによって、娘の久美子を早く助け出したいと、島村としては最低限の親心を発揮したのだ。島村義夫の声紋は調査されずじまいになってしまったが、電話の主はじつは島村だったのではないか。

――千鶴が東京へ帰った翌日、電話で私に話した推理はだいたいこんなところだった。けれど千鶴自身、この推理に乗り気だというわけではなかった。そもそもこの推理が成り立つためには、島村がすでに一千万円を入手していることが立証されなければならないし、島村と浩平が誘拐計画を共謀する程度には親密だったことが立証されなければならない。ところがそれらの点は、どちらも当面は立証されそうになかったからである。

ただしそれらの点が立証されてもされなくても、その先の推論は決まっている。浩平を殺してまでも島村がひとり占めしようとした一千万円は、いまは島村殺しの犯人によって奪われているはずなのだ。その犯人の最有力候補が北山厚夫である。一千万円の独占のために島村がたてた作戦をもし見やぶったとすれば、北山は今度は自分がそれを独占する権利があるはずだと考えたことだろう。だから北山の口から一千万円の隠し場所さえ聞きだすことができれば、事件は一挙に解決することになる。

捜査本部は私の傷害事件を名目上の根拠として北山を勾留しつづけ、尋問をくりかえした。だが北山は、島村を殺してもいないし、一千万はおろか五十万の慰謝料さえ現場から奪っていない、そもそも島村が自分をさしおいていつのまにか大金を手にしたなどとは自分は思ってもみなかった、と言いはった。

いっぽう捜査本部は、短時間で大金を隠せそうな現場周辺の場所を、文字どおり草の根をわけて捜索し、また聞き込みをくりかえしたが、成果はあげられなかった。

また北山の血液型は、浩平の部屋に残された微量の血痕と一致しなかった。

一千万円をめぐる島村義夫と北山厚夫の陰謀以外に、ぼんやりと想定されるのは、やはりＰＪ会の陰の活動だった。大城祥子中等教育委員長がすでに島村に十万円を支払ってしまった以上、島村の無心の要求がエスカレートして、しだいに恐喝めいていった可能性は十分に考えられる。そうなれば大城委員長も、対応に困って会の上層部にすべてを打ち明けて相談したかもしれない。上層部はとりあえず、大城委員長を入院させておいて、島村に対してはもっとも単純な、もっとも乱暴な対応策をもちいることにしたかもしれない。

上原警部補はＰＪ会がらみだというほうの判断に傾いていた。それは一千万円がすでに島村に支払われたという前提を必要としないので、島村殺しをもっともわかりやすいかたちで説明してくれるからだ。刺殺がプロの殺し屋のような手口だったという点も、ＰＪ会の組織力の存在をそれとなくうかがわせた。

　ではその場合、浩平殺しのほうはどんなふうに理解されることになるのか。浩平とＰＪ会の関係など、そちらについても未知数の部分は少なくないが、島村のスジガキとＰＪ会の対応策とが同時進行して、妙なかたちでねじれたと考えれば、二つの殺人事件が結びつかないでもなさそうだ、というのが警部補の推測だった。

　それ以前に、もっとやっかいな問題があった。上層部と言ってしまえば簡単だが、大城委員長がＰＪ会の特定の誰に相談をもちかけ、どういう具体的な命令系統をへて殺し屋部隊が白石区の島村宅までやってきたのか、それを突きとめることがほぼ不可能だ、という問題である。上原警部補はＰＪ会札幌支部の代表的なメンバー一、二名と極秘に会ってみたが、かれらはそろってなにも知らないと言った。大城委員長から島村義夫への十万円の謝礼についても、なにも聞いていない。もし事実だとするならば、それは大城委員長が個人的な判断でおこなった、交通費程度の支払いにすぎなかったのではないか。もちろんＰＪ会としてはいっさい関知していない。ましてや一千万円の授受となると、関知しないどころか、およそありえない話ではないかと思うが、まんいちあるとしても、それも親戚の若者を思うあまりの大城委員長の個人的な行動で、こちらに相談してくれていれば、そんな危険な取り引きはなんとしても止めていただろう、とかれらは主張した。いずれにしても、証拠のとぼしいままヌレギヌを着せるようなやりかたでＰＪ会を追及することは、北海道警にとっても重大な損害を招くことにもなりかねないから、今後の捜査については情報の機密など、十分に注意するように、と警部補はしっかり釘を刺されて帰ってきた。

「ということは、もし島村殺しがＰＪ会であっても、大城委員長が回復して自分から告白でもしてくれないかぎり、永久に迷宮入り、ってことになるのかしら」と私が言うと、警部補はため息をついて、

「そうならないように、がんばってますよ」と言うだけだった。

がんばっているのは本当だろうと思った。私にはなんだか警部補が痩せてきているように見えたからだ。

ＰＪ会に関連して注意を引いたのは、田丸耕治のアリバイだった。島村義夫が殺された日の五時前後、田丸耕治は大通り公園の西三丁目あたりをぶらぶら歩いていたという。五時に西三丁目北海道新聞本社前で人と待ちあわせをしていたが、相手が来なかったので、六時にはあきらめて帰宅した、というのだ。ところがその待ちあわせをした相手が誰なのか、田丸は「さしさわりがあるので」言えないという。どうせ自分は島村義夫など知りもしないし、犯行にはなんの関係もないのだから、相手に迷惑をかけたくない、という言い分だった。

これでは田丸のアリバイは成立しないことになる。田丸は島村殺しをＰＪ会に命じられた実行役だったのだろうか？　「自分の播《ま》いたタネは自分で」とＰＪ会が田丸の背中を押したのだろうか？　ただもしそうだとすると、田丸のアリバイの申し立てぶりは、組織ぐ

るみの犯行のアリバイ偽装として、かえってあまりにもオソマツなのだった。

鎌田誠一郎校長にはアリバイがあった。四時三十分ごろ校長室の前の廊下で教諭二名と立ち話をしていた、という。それから校長は帰宅したと述べた。宮の森東中学から白石区の島村義夫宅までは、札幌市の中心部、たとえば大通りを西から東まで横断しなければならないので、どんなに急いでも三十分はかかる。


上原警部補は定期的に電話を入れてくれたが、情報は少なくなり、よもやま話をするほうが多くなっていった。私は警部補にロイヤルゼリーをプレゼントすることになった。

田丸耕治のアリバイをはじめ、教えてもらった情報を私はすべて東京の千鶴に伝えたけれど、千鶴の推理もさすがに進まなくなった。

「変な事件に中途半端なかたちで巻きこんじゃって、ごめんね」と私は言った。

「何を言ってるの。あたしまだ、ぜんぜんあきらめてないよ」

「でも……」

「どうもまだ、材料が全部出そろってないような気がするの。犯人もまだ、モンモンとしてるんじゃないのかなあ」

「え、っていうことはまだこれから事件が起こるの？」

「希望的観測としてはね」

「えー、いいよ、そんなの。札幌市民の身にもなってよ」

「そんな、弁護士みたいなこと言わないの」

そんな調子でどんどん日にちばかりが過ぎていった。

北山厚夫は傷害の事件に関してだけ送検された。

その後私は田丸問題の連絡協議会の仕事に戻った。上申書をまとめ、十一月下旬には記者会見を開く予定にして、『石狩テレビ』の畑中啓志プロデューサーに協力を要請したりした。

ノート NO.7

1 公和

おれらが『すずらん定食』で昼メシを食ってると、テレビのニュースで、「けさ、中央区宮の森の医師、藤田洋次郎さんが、自殺死体となって発見されました」って言った。

びっくりした。

久美子はテーブルにつっぷした。みんなだまりこんで、そのままテレビが関係ないことを言いだしてもだまって見てるしかなかった。

「さて、このところ寒さもたけなわの札幌地方ですが……」

久美子はつっぷしたまま動かねえし、久志も久美子のほう見ねえようにして、ラーメン一本ずつすすってたよ。

おれは久美子の気持ちもわかったし、久志の気持ちもわかった。事件がようやくホトボリがさめたっつうのか、久美子の気持ちもどうやら落ち着いてきて、久志と旅行に行く計画をそろそろ本気でカムバックしてもいいんじゃねえかって、おれでさえ思ってたところだったんだ。まあ余計なお世話かもしんないけどさ。

そしたら今度は浩平のオヤジだろ。いくら自殺っていったって、死んだことに変わりねえし、まだ事件は終わってねえのかよ、いつまでつづくんだよ、って考えたらおれらみんなゲンナリ。

久志と久美子は浩平のオヤジの葬式に行くって言ってた。

「行くならあちこちにホッカイロ入れとかねえとな。あれ、ホッカイロって、ホッカイドーの親戚か何か？」って言ってみたけど、だれも返事もしねえ。

以上、これ最新情報。きょうはこれだけしか書かねえぜ。

2　里緒

藤田洋次郎の死は、あきらかな自殺であり、事件性はなかった。死因は医師ならば入手可能な特殊な薬品の注射であり、藤田洋次郎の指紋のついた注射器が枕元にころがっていた。さらにそのそばにはイソ子夫人にあてた遺書が置かれ、藤田の筆跡にまちがいなかった。

「イソ子へ
勝手なことをして済まない。

あの子のいない人生をなんとかやり直そうとしてきたが、気力がどうしても湧いてこない。滝野に墓を建ててから、あの子を一人ぼっちにしておけなくて、無性に一緒にはいりたくなってしまった。

生前なぜもっとやさしくしてやれなかったかと、あれからそればかり考えてきたけれど、今になるとかえって、なぜあんなに厳しくしてしまったのか、それが自分なりに理解できてくるようだ。あの子は私にとって、もう一度チャンスを与えられた、自分自身のようなものだったのだろう。自分を叱るようにむやみに叱っていたのだろう。それが親としていちばん間違った態度だった。

あとのことは、あちらへ行ってからあの子にゆっくり詫びたいと思っている。あの子と話し合いたいこともたくさんある。

病院のことは宮下《みやした》君にすべてお願いしてあるので、心配しなくていい。

おまえは家を売って、増毛に帰ってもいいよ。

札幌での二十年間は長い夢だったことにしてくれればありがたい。結末は悲しいけれど、北海道の空の下で、おおらかに許されることもあるだろう」

さらに藤田洋次郎は、後輩で藤田内科医院を手伝っている宮下医師にあてたメモで、自分の死後の患者たちや職員たちへの措置、病院や医療器具の処分について、事こまかに指示・依頼していた。「万一のことがあったら、と冗談で話していたことが本当になってしまいました」と藤田は書いていた。「このところ難しい患者はよそへ回して診ないようにしてきたので、混乱は最小限ですむと思います」とも書いていた。用意周到に準備された自殺にちがいなかった。

だから私たちの抱えた謎がふえたわけではなかったけれど、その陰影をいっそう暗く深くしたことはまちがいなかった。

私は東京の千鶴に電話で藤田の死を伝えた。

「本当に自殺なのね？」と千鶴がきくので、私は遺書などのことを詳しく話した。

千鶴は電話のむこうで長いため息をついた。

「自分を叱るようにむやみに叱っていた、という反省は、きっと本心だったんでしょうね」

「……コメントはそれだけ？」と私がいうと、千鶴は笑って、

「そうね。……ごめんね」と言って、葬儀には出席できないけど、花を送らせてもらうつもりだ、とつけくわえた。

3 公和

さて、しばらく静かな日がつづいたと思ったら、またとんでもねえ事件が起きた。今度はそれを書かなきゃいけねえ。だけど今度こそこれで終わりだから、ようやくこのノートも終わりになるわけだね。

田丸耕治の野郎が死んだ。

首吊り自殺。

あやしいところはあったみたいだけど、とにかく警察は自殺という結論を出した。

つまり田丸が浩平と島村義夫を殺して自殺した、ってスジガキ。すっげえ話だよな。

だけど千鶴先生は納得しないで札幌にやってきた。

この冬はじめて本格的な雪が降って、昼すぎから夜中まで降って五〇センチぐらい積もった日だった。おれらは夜九時に集まって、琴似《ことに》のスタジオで東京コンサートの練習をしてた。

八時ごろやむって予報だったけど、外へ出たらまだやんでなかったので、バイクはあきらめてブーブー言いながら雪ん中を歩いて地下鉄とかで行ったわけ。

久志とおれのほか、久美子も来たし、美穂も店が終わって一時ごろちょっとだけ顔を出してサシイレをしてくれた。

「雪、やんだよー」って美穂は言ってた。胸のあいたドレスの上にフードのついた白いコートを着て。

おれらは「ライラックＬＩＬＡＣ」の終わりのとこに、浩平が書いた歌の「♪すなおすぎるきみ〜」ってフレーズを入れられないか、って久志が急に言い出して、おれも一緒にああでもないこうでもないってやってて、けっきょくまとまんなくて、これじゃスタジオ借りた意味ねえぜ、って感じだった。

四時ごろ外に出ると、雪はとっくにやんでて、タクシーにみんなで乗って帰ることにした。

で、久美子、おれ、久志の順番でおりて、おれは部屋に帰るとバタンキューですぐ寝て、電話で起こされたのがお昼すこし前。電話は美穂からだった。

「公和？　田丸が死んだよ。テレビ見て。テレビ」

「あ？」

「いまやってるから。早く早く早く早く」って百回ぐらい言うからテレビつけて、チャンネル動かしてみると、田丸のらしいマンションが映ってて、パトカーが停まってた。

「どうしたんだ？　殺されたのか？」

「自殺みたい」

「自殺？　あいつが？」

「そう。おかしいよね」

「おかしいよ。ちょっとニュース見てから、また電話するわ。久志にも知らせてやってくれる」

「うん、わかった」

それからチャンネルをあちこちしていろんなニュースを見てたら、久志からもかかってきて、美穂から電話がある前にオヤジさんから電話があって、もう知ってたんだって言って、四時に家に来い、美穂も来るし、里緒先生も来ることになってるから、っていうことになった。

電話を切ってから窓の外を見たら、青空だった。

外へ出たらピューピュー寒かったけど、陽ざしでゆうべの雪がキラキラしてて気分よかった。

田丸が死んだから、よけい気分よかったのさ。なんかおれん中のカサブタがぽろっと取れたって感じ。

だけど浩平が死んだときも、違う意味でカサブタが取れた感じだったんだ。人が死ぬと、カサブタが取れる。

ぶらぶら歩いて、まず牛丼を食ってからバイク置き場に戻ったら、雪がそれほどでもなくて簡単に出せて助かった。道の雪はもう除雪車が出てかたづいてた。

だけどバイクはそろそろ終わりにしねえとな、って感じで、冷たい風にときどきガラスの粉みたいなキラキラ雪が混じって顔に吹きつけてきやがる。夏にはすっ転んでケガして、久志にも美穂にもすっかり迷惑かけたからな。

今度春がきたらおれも十八だから、バイクはやめて、カネ貯めてクルマにすっかな。美穂が十八になったらクルマ買ってくれるって言ってるけど、そういうのも嫌だしな。――そんなこと考えてた。

冬はやっぱり雪ん中サクサク歩いて、いっくら歩いてもどっこもたどり着かなくて、どっちむいてもまっ白の中にぽっつーんと一人で立って、いっくら蹴とばしてもいっくらでもある雪にバッカみたいにあたりちらしてるのが、札幌のおれらしくていいんでないかい。

子供んときのそういう思い出に、バイクはまだつながってるよな。だけどクルマはつながってねえ。

そりゃ東京は行きてえけど、まんいち行けても、しょっちゅう帰ってくるようにしねえと、おれの場合は何もかもうまくいかねえ気がすんだよな。

4 久志

おれんちで、テレビや夕刊の情報、それからオヤジのテレビ局情報をまとめると、だいたい話がわかってきた。

❶田丸はきのう十一月十一日の深夜、雪がやんだ午後十一時を過ぎてから、マンションの五階の部屋のベランダから外にむかってヒモをつるして首つり自殺をした。

❷首つりのヒモが途中で切れて、田丸は死んでから下の雪の中に落ちた。ヒモの切れ方に不自然な点はない。雪にも田丸が落ちたクボミや乱れのほか、一切足跡などがない。田丸の死体の上に雪が降った形跡もなかった。

❸死後数時間たってからヒモが切れるというのは不自然なので、死の直後に田丸の重みで切れたのだと考えられる。そうなると、十一時にやんだ雪の上に田丸が落ちたということは、首を吊ったのもおそらく雪がやんでから、つまり十一時以後だったろう。

❹朝になってから、犬を散歩につれだした同じマンションの老人が死体を発見した。現場はベランダから下をのぞけばよく見えるけど、それ以外はあまり人通りがない空き地である。

❺遺書はなかった。

❻田丸の部屋の玄関の鍵はかかってなかった。リヴィングの電気と暖房はつけっぱなしだった。通勤カバンはソファの上。

❼田丸は学校から帰ってきたままの服装だった。前夜七時に学校を出てからの目撃者はいない。ただし学校を出た田丸は、地下鉄駅へむかういつもの帰路ではなく、南の円山公園方向へ急ぎ足で去っていったと用務員が証言している。立ち寄り先は不明。

❽警察の聞きこみによると、前日の夜から朝にかけて、田丸宅で不審な声や物音を聞いた人はいない。マンション駐車場の奥の駐車禁止区域に夜八時ごろヴァン型の車が停まってたけど、田丸との関係は不明。その車がいつ立ち去ったかも不明。田丸は車を持っていないし、運転もしない。

❾カンシキによる「死亡推定時刻」は、ほぼ前日の午後六時〜午前一時ごろと見られる。死後の落下と雪による冷却のため、推定幅はそれ以上せまくできない。ただし❸を考りょすると、午後十一時と午前一時のあいだの二時間に首をつったのだと考えられる。

「ＰＪ会が田丸に因果をふくめるようなこと何か言ったのかしら。トカゲのシッポ切りということで」と里緒先生が言うと、美穂がケラケラと笑って、

「トカゲのシッポを切るの？　ハハハ」と言ったけど、だれもフォローしなかった。集まってはみたけど、みんなもうクタクタだったんだ。

そりゃあ田丸が死んだのはうれしかったけど、もう関係ないし、浩平が生きてればいちばんよろこんだことはまちがいないけど、あいつはいないし、なんだかよろこぶ主役がいない集まりみたいだった。

「つまり、自殺するようにＰＪ会が命令したってこと？」

「命令というか、説得というか」

「だけど死ねって言われたって、死ぬかなあ」とおれ。

「田丸がそんなことをするとは意外だけど、世の中にはいくらでも例があるでしょ。会社の秘密を守って死ぬケースとか」

「殺されたんじゃない？」とおれは思いきって言ってみた。

「でも、状況から判断すると、どうもねえ。もし殺し屋がいきなり来たら、田丸は抵抗するだろうし、大声だって出すかもしれないでしょ。でも田丸の部屋にも雪の上の現場にも格闘の形跡なんかないし、声も聞かれてないし」

「声は聞こえない可能性あるけどね。雪の中だったら」と公和。

「でも雪はやんでたって話でしょ」

「千鶴先生は？」と久美子。

「事務所にいなかったから、ファックスだけ出しといた。六時に電話することになってるの」

「六時ならもうすぐっすね。ウチから電話すれば」

「そうね。そうさせてもらおうかな」

「あ、あたしアクマになる時間だ」と美穂が伸びをした。

「なあ。カサブタが取れた感じだよな、田丸がいなくなって」と公和。

「カサブタ？　カサビタじゃないの？」って美穂が言うから、ようやくみんな美穂のおかげで笑った。

5　里緒

千鶴がまずこだわったのは、首を吊ったヒモが切れていた、という点だった。

「それ、おかしいなあ。ヒモが切れたら死ねないじゃない」

「死んでから重みで切れたんだろうって。切れ方も自然だったみたい」

「自然に見せかけて切っておいて、そのヒモで絞殺して、転がしといたんじゃない？　だって田丸って自殺なんかしそうもないじゃない」と言いつのる千鶴は元気そうだったので私はうれしかった。

するといきなり、

「あたしあしたそっちへ行くわ」

「え？　いいけど、都合つくの？」

千鶴がまた来るのだと知って少年少女たちは歓声をあげた。

身近なサスペンスドラマの目撃者兼登場人物になることが楽しかったのか、それとも千鶴の不思議な性格がみんなをいつのまにか惹きつけていたのだろうか。

「つけるよ。だってきっと他殺だもん、それ。帰ってきたところを待ち伏せして、現場に連れてってひもで殺して、あとで自殺にみせかけるためにひもの残り部分をベランダに結んでおいたんじゃない？　首の絞め跡って、角度さえ気をつければわりあい自殺っぽく――」

「そういうわけにはいかないの。ゆうべはたくさん雪が降ったって書いといたでしょう？　絞殺したり、死体を運んでいったとすれば、足跡が残るじゃない。仮りに雪が降っているあいだの犯行だったとしても、そのあと降る雪がそう簡単に足跡やなんかを全部消してくれるわけじゃないもの」

「SNOWBOUNDみたいだな」と公和が小声で言った。

「まわりの雪は全部きれいだったの？」

「そうよ。あたり一面足跡一つなかったの」

「……とにかく行くから。あした」と千鶴は言った。

そのときいただいていた淑子さんの手作りのクッキーがパリッとしておいしかったので、

あした来るなら千鶴にすこし残しておいてあげようと思った。

田丸告発の記者会見がようやく十一月二十一日に設定された矢先のことである。

6　久志

千鶴先生を田丸の現場に案内したのはおれだ。

テレビ塔の東側の道をチンタラ走っていくと、千鶴先生のヴァンが見えて、先生が窓から顔を出して手をふってくれたので、おれは運転手のジイサンに先導することを知らせて、またチンタラ走ったけど、そこからはもうものの一、二分だった。

雪はこの二日間は降ってなくて、路肩の雪もほとんどないし、くもり空だけどまだそんなに寒くもないから楽だった。

現場は五階建てのマンションで、田丸の部屋はいちばん上の五階だった。だけどもちろん、部屋の中にははいれない。田丸が死んでた雪の上の現場も、ブルーのテープで近づけないようになってたけど、テープの範囲は浩平のときや久美子のオヤジのときよりはずっと小さかった。

死体はもちろんもうなかった。ちょうど五階から落ちれば、真下の雪にまずざっくり足をつっこんで、それから前のめりに倒れるだろう、と思うような場所にボコッと穴があいて、そこに足跡がいくつもはいってったり戻ってきたりしてた。

マンションの玄関前が駐車場になってて、その先にゴミ捨て場みたいな小さな建物があって、そこからむこうが、さすがにこれだけ降るともう来年の春まで地面はさよなら、って感じの、今はアイスバーンに近くなってる雪の原だった。ブルーテープにかこまれてごちゃごちゃしたところをのぞけばの話だけど。

玄関から制服の警官が出てきてどこかへ去っていった。おれもいつのまにか、警官にはすっかり慣れっこになってる。前は見るとドキドキしたもんだけどね。ドキドキする理由があってもなくてもね。

おれが先に現場を見物してるあいだに、千鶴先生はジジーッと車椅子を下ろして、ようやく雪の原に近づいてきた。

「あ、雪だ雪だ」と先生ははしゃいでから、「でもこっちの雪はどうして融けちゃったの?」と足元を指すから、

「ここは駐車場なんで、ロードヒーティングしてあるっすよ」

「ロードヒーティング?」

「この下にパイプを通して、温水を流してるんす。いま札幌のマンションはたいていそうなってるんすよ。温水っても、たぶん二度か三度くらいすけど、それでも雪は全部融けちゃうす」

「わあ、すごいね。札幌の工夫力」とか先生は言って、「あっちのベランダが面したほうは、ロードヒーティングしてないのね」

「そう、草っ原じゃないすかね、あっちは」

「で、発見されたとき、雪の上の足跡は何もなかったんだって？」

「そういう話でした」

「よし」と先生は戦闘モードみたいに黒いコートのエリを立てた。

先生の車椅子は雪がつもりかけたゴミ捨て場の前で停まった。そこから田丸が落ちたところまで、一〇メートルぐらい。田丸は五階の端から二番めの列に住んでたから。でも自分ちのベランダのまん中へんじゃなくて、いちばん端っこをわざわざ選んでぶら下がったのは、田丸らしくない気もするけど、自殺するときのみじめな気分ってのはそんなものなんだろうか。

「不審なヴァンが停まってたっていうのは？」

「さあ、ちょうどこのあたりじゃないすか。駐車場の奥っていえば」

先生は雪のギリギリのヘリまで車椅子を進めた。そこから先、車椅子を雪の中へ押していけ、って言われたらどうしようかと思ってた。ああいうの、さわったことないからさ。

しかも雪の原はけっこう広い。サッカーは無理だけどテニスなら楽にできる。むこう側は境目に木がならんで、そのむこうはでかいお寺だった。

「死体をここまで運んできたとして……」とか千鶴先生は言ってる。おもしれえ。

「足跡を残さないであそこまで死体を運ぶ方法はあるかしら。簡単よね。田丸の部屋まで運びあげて、そこから落とせばいい。ところがそれだと、雪が降ってるから雪が積もっちゃうわけだ」

「やんでからやればいいんじゃないすか？　おとついは十一時ごろにやんだらしいっすよ」

「そうとしか考えられない？」

「っていうか……おれには考えられないす」

「あたしも、いまのところはね。でも殺して自殺に見せかけるだけなら、切れるヒモを使う必要はなかったでしょ。そのままあそこにぶら下げておけば、もっとわかりやすかったでしょ」

先生は五階のベランダを指さした。ベランダにはブルーの帽子をかぶったカンシキ係が立ってて、ちらちらこっちを見ていた。

そのベランダの手すりの一ばん端っこの部分に、切れたヒモの元のほうらしい短いものがくっついて、ちょろちょろ風に揺れてた。

ヒモが切れないで、田丸がそのままぶら下がってたら、下の四階の住人が朝カーテンをあけたとき、目の前に田丸の死体がぶらんとしててギョッとする、というようなマンガチックな場面になっただろう、と思うとちょっと残念だった。

「なんかそのへんに、あやしいもの落ちてませんでしたあ？」と千鶴先生が急に声をはりあげたのでびっくりすると、先生は田丸の部屋のベランダにいるカンシキ係に話しかけていた。

カンシキもびっくりしたみたいで、しばらく固まってたけど、返事もしないまま奥へ引っ込んじまった。それからまもなくべつのカンシキを連れてきて、こっちを見おろしながら二人でこそこそ話していた。

そのうちあとから来たほうのカンシキが、

「あんた、テレビに出てた弁護士さんかい」と言った。

「そうです。見てくれました？」

「見たよ。なに、ここのホトケさんと知り合いかい？」

「婚約寸前だったんです」と先生はぶったまげるウソをしゃらっと言って、

「あの人が自殺したなんて、どうしても信じられないんです。なにかそのへんに、不審なものはありません？　足跡とか、妙な雪のかたまりとか」

カンシキたちはまた顔を見あわせてから、

「なんもないねえ。こっちまでは雪も降りこんでないから、足跡はないしねえ」

「この物干しパネルちゅうのかい、これが床に落ちてたけど、それだけだね」と、今は頭の高さに物干し竿からぶらさがってる、洗濯バサミをたくさんくっつけたブルーのパネルを指でさしながらもう一人が言った。

「だけどこれも、本人がここをまたいで外に出るのに、ジャマだったんでないかなあ。これ、外にはみ出してるからね」

「手すりの雪も、適当に乱れてたんですか？」

「うん、そうだねえ。ところどころ、どうも触った感じだったねえ。もうだいぶ融けちまったけどね。したから、やっぱり自殺したんでないかなあ。気の毒だけどねえ」とカンシキはだんだん同情口調で言った。

「そうですか。ありがとうございます」と先生は言って、車椅子の中からていねいにオジギをした。話のあいだに二階や三階の主婦が窓をあけてこっちを見ていた。

千鶴先生は駐車場のほうへすこし戻りながら、カンシキに聞こえない小声で、

「あーあ。よっぽどうまくやったんだなあ、偽装工作」

「偽装？」

思わずちょっとふりむくと、カンシキたちはまだおれたちを見守っていた。

「ヒモを切った以上、どこかよそで田丸を絞殺して、あとから死体をここへ運んできて放りだした、っていうトリックのはずなんだけどなあ」

「ヒモは偶然切れたんじゃないすか」

「偶然切れたようにうまく見せかけてあるらしいの。ギシギシこすったんでしょう、ブロックの角かなんかで」と千鶴先生は自殺説をぜんぜん問題にしない。

おもしろいんだけど、おれには意味がぜんぜんわかんない。

「たとえば雪が降ってる最中に、死体をあそこに置く。降ってる最中なら死体を五階まで運ばなくても、足跡をあとでホウキで掃いておけば、そのあと一時間ぐらい雪が降れば、なんとか隠せるでしょ。ところが、そのあいだ死体にも雪が積もるわけ。これを積もらないようにする方法は何かないかしら。死体だけに雪を積もらせない方法。何かない？」

「……傘をさしておく」

「あなたね。札幌の人だから、あたしにわからない雪の知識があるかと思って、謙虚におたずねしてるのよ」

後ろで運転手のジイサンがプッと笑った。

「そんなこと言ったって、わかんないすよ。だいたい雪の知識なんてべつにないし」

「そうなのかな。傘のほかに、何かない」

「シートをかけておく」

「だから、そういう後で取りにこなきゃならないような道具はだめ」

「じゃあ……融雪剤は？」

「ユウセツザイ？　何それ」

「よく道路の凍結なんかに撒《ま》くんですよ。カルシウムだかナトリウムの粉です。ものによっちゃ融けるまで五時間ぐらいかかりますけど」

「そんなのがあるの。調べてみるわ。それが札幌の知識じゃないの、さすがね。こっちへいらっしゃい」と言って先生はおれの肩をひっぱって顔を近づけさせると、頬っぺたにチュッとしてくれた。

香水の匂いにクラクラしたよ。

「で、それ、錠剤？」

「たぶん粉末っすね」

「それを死体の上にふりかけておけば、降ってきた雪はどんどん融けるかな」

「融けますよ」

「あ、だめだ。まわりにふんわり雪が積もったら、ドサッと上から落ちた感じにならないじゃない。死体の上だけ雪を融かしたことがバレちゃうじゃない」

「バレちゃいけないんすか」

「あたりまえでしょ、もう。キス一回損しちゃった」

「千鶴ー」と声がして、里緒先生がやってきた。里緒先生は女のわりに大またでさっそうと歩くから、靴の音がカツカツってカッコよく響く。

「どう。まだ他殺がどうのこうの言ってるの」

「言ってる」

「これ、発見時の写真」

千鶴先生は里緒先生から受け取った袋を膝の上に置くと、中の写真を何枚かぱらぱら見た。

「ほらやっぱり、ドサッと落ちた感じになってるじゃない、雪の崩れかたが」と千鶴先生がおれに言う。

おれものぞいて見たけど、田丸はうつぶせに雪に倒れて、バサッとそこだけ雪が段差になってるんだ。それで田丸のからだの上には、落ちた拍子にまわりからこぼれたらしいかけら以外に雪はない。だからたしかに雪がやんでから落ちたとしか思えなかった。

「あたりまえなんじゃないの、それ」と里緒先生も千鶴先生の頭ん中がまるきり読めなかった。

おれは写真を見たら田丸がみじめにくたばったことが実感できて、すげえうれしかったのと同時に、『死んだ人を悪く思ってはいけません』っていうむかしの校長の朝礼話をどうしてだか思い出しちゃって困ったよ。「うれしい」と「いけません」がいつのまにか心の中で勝手にワンセットになって、もぎ離そうと思っても離れないんだ。ったく、校長を恨んだよ。

「雪を融かした形跡は見あたらないしね」

「何で融かさなきゃいけないの」

「やっぱり雪がやんでからなのかなあ。殺したのは」

「だから殺されたのかどうかが、そもそも――」と言いかけた里緒先生は急におれの腕をつかんで、

「あなた、どうしてそんなとこにキスマークつけてんの」

7 里緒

三十分ぐらい捜査本部の隣りの資料室みたいな狭い部屋で待たされてるあいだ、千鶴はいらいらしどおしだったので、ようやく上原警部補がやってくると、警部補がドアをしめる前からもう質問ぜめだった。

「わざわざ氷点下の中へ出ていって外でクビを吊らなくたって、自殺なら家の中でいくらでもできるじゃないですか」

警部補は苦笑しながら、

「そうなんですけど、雪景色を見ながら死にたい人も中にはいますからね。それに、最近のマンションはカモイとかがありませんから、なかなか首を吊りにくいし」

「帰宅してから着がえてもいないんですって？」

「着がえないで死ぬ人もけっこういますからね。何時間か、迷ってたんじゃないですか。死のうかどうしようか」

「迷う時間があったら、しっかり切れないヒモを選ぶぐらいのことはするでしょうに。死因は窒息死で、索条痕もちゃんと残ってたんですね？」

「もちろんです。だいたい真上をむいてましたね、索条痕は。それでいいわけです」

「死んで、それからヒモが偶然切れたっていうわけ？」

「そういうことになりますよね。ねじれたかなんかしたんでしょう。膝には落ちたときにできたと思われる骨折がありましたよ。もちろん死後の損傷です」

「でも、遺書もないんでしょう？」

「それがね、遺書はないんですが、さっき、部屋を捜索してたら、こういうものが見つかったんです」と言って上原警部補がなんだか自信たっぷりに封筒から出したのは、なんと浩平の「ゆうかい」のメモのコピーだった。

「これは……」

「きょうになってから、田丸のデスクのいちばん下のひきだしから見つかったんです。田丸の筆跡ではないので、現在藤田浩平の筆跡を照会中ですが、まず間違いないでしょう」

「ないですね」と千鶴はがっかりしたように言った。「これ、北大のノートでしょう」

たしかに、ページの右上にはクラーク博士らしい顎ひげオジサンの顔がついていた。

千鶴と私はそのメモを熱心に見つめた。浩平の筆跡は私も知らなかったけれど、その中身は、「深川」「留萌線」「真布」など、久美子が七月に証言していたものと同一だった。

千鶴はすうっとだまりこんだ。

「……つまり、田丸と浩平はやっぱり共謀してた、っていうこと？」と私は言った。

「そこまではまだわかりませんが、そのメモからは浩平と田丸の指紋が出てます。もちろん田丸のほうが新しい指紋です。田丸があの事件になんらかのかたちで関与していたことはこれでまちがいない。ということは、田丸とその背後のＰＪ会をあいだに挟んで、三つの事件がやっぱりすべてつながってくるわけですね。浩平殺しには島村がかかわっているし、島村が狙っていた一千万がからんでいる。そして島村が殺されて、現金一千万円はどこかへ消えた。そして田丸の自殺。やはり田丸は島村殺しをＰＪ会に命令されたのかもしれないし、もともと自分の不始末から出たことなので、責任を取らされたのかもしれない」

「田丸の自殺も、責任を取らされた結果ということですか」と千鶴。

「そうかもしれないですね」

「責任を取らされて島村を殺して、そのうえさらに責任を取らされて自殺したってこと？それって責任の取り過ぎじゃない？」

「いやあ、よくある話でしょう、そこまでは。困るのは、この一連の事件、とくに前の二つの殺しが、全部田丸の一存で、ＰＪ会は後ろから指し図してなかったのかどうか、さっぱりつかめないってことなんだ」

なんだか上原警部補があきらめ口調みたいだったので、

「責任を取らされて、ってことは、責任を取れ、って言った人がいたはずでしょう？」と私は言った。

「だから、それが立証できるかどうか。相手は巨大組織だから」

「警察だって巨大組織じゃない」

「岡本さんね」と警部補は私をちょっと真剣に見つめてから、「ぼくだっておかしなところをこのまま放置したくないですよ。だけど、わからないものは手の出しようがない。おまけにへたに手を出したらあぶないってことは、さんざん本部長からも言われてるし、みんなもわかってる。だから正直に言って、捜査本部はもう厭戦《えんせん》気分なんですよ。それがやしいからって、弾がなきゃ鉄砲は撃てないでしょう」

「つまり、ＰＪ会と捜査本部が一緒になって、すべてを田丸の責任にして幕引きをしようってこと？」

「……結果的には、そう見えるかもしれないですけどね」

私が怒ってるはずなのに、上原警部補のほうがほんとうはもっと怒ってるのかもしれない、と思って私はちょっと困った。千鶴をちらちら見たけれど、手を動かしながらまるきりべつのことを考えている。

「田丸は自分から反省して死をもってお詫びする、なんて人じゃありませんよ」と私はとりあえずゆうべの千鶴の発言をそのまま借りて言った。

「そのようですね。だけど、いまさら性格をうんぬんしたってはじまらないんですよ。状況は一見して自殺だ。誘拐のメモも発見された。田丸がすべての事件にからんでいることはまちがいない。背後にだれかいるのかもしれないけど、そこまで突っこんでいくだけの材料が、見つからないんですよ、残念ながら。そりゃ田丸にも島村にも直接応対してたはずの大城委員長が、元気になってしゃべってくれたら、話はぜんぜんべつになりますけど、そうはいかないらしい。最近聞いたところでは、大城委員長は仮病なんかじゃなくて、ほんとうに心臓発作を起こして、酸素テントの中にいるらしいんですよ」

「つまりPJ会としては最大の問題児だった田丸が生命を差しだした。これで会としても、大城委員長としても安泰だと、こういうことですか」と私はしつこく食いさがった。

「そういう説得を、誰かが田丸に対してしたのではないか、と」

「その誰かを、追及しなくていいの。田丸の生命を差しだしたからって、それで満足しちゃっていいの。まるでヤクザ同士の手打ちみたいじゃないの。PJ会ってそんなに怖いの」

上原警部補は私をジロッとにらんでから、口をむすんで鼻からフーッと荒い息を出した。

「あのね。別に手打ちをしたわけじゃない、証拠が出ればいつでも動きますよ。だけど出ない以上は、むやみに詮索することはかえってあぶない、っていう場合だってあるでしょう。それが気に入らないんですか。そりゃあ、警察だって弱みはありますよ。組織っていうのはそういうものでしょう。強いところと弱いところがある。限界もあるし、やれること、やれないこともある。あたりまえじゃないですか。いちいちそんなことに幻滅してたら、刑事なんて三日ももつとまりませんよ」

「ちょっとききたいんですけど」と、まるで上原警部補の熱弁にはまったく興味がなさそうに今までずっとだまっていた千鶴が手をあげて言った。

「田丸の女性関係は、その後調べが進みました？」

「……はあ」と上原警部補は一度閉じていた手帳のページをまためくりながら、

「特定の女性は、やはりいなかったようですね。もっぱら風俗が専門で。そちらのほうは、ソープランド、ピンサロ、デリヘル、いろいろやってるようでした。派手な化粧の若い女性が夜ふけに田丸宅を訪問するのを一度隣人が目撃してますが、おそらくこれはデリヘルでしょう」

「なにかトラブルのタネは……」

「特にありませんねえ」と上原警部補は今度は千鶴の質問に興味がなさそうに、バタンと手帳を机にほうり出した。

千鶴はため息をついた。それから車椅子のむきをちょっと変えて、

「つまり上原さん、捜査会議ではこういうふうに発言なさるつもりなのね？　浩平殺しは、島村じゃなくて、やはり田丸、あるいはＰＪ会の誰かの犯行だと」

「いや、そう言えればそれがいちばん――」

「今まで、島村がやったように見えていたおもな根拠は、現場のタバコの吸い殻だった。そのおかげで、捜査本部はこの二か月、一千万円のゆくえを探してきた。だけど今になって、これが出てくると」と千鶴は誘拐メモのコピーに指をふれて、「見えてくるものがまたガラッと変わってくる。島村が大城祥子中等教育委員長に、少なくとも二回会ったことは北山厚夫によって証言されている。そのとき教育会館のおそらくは応接室、大城委員長の目の前で、島村はいつものようにタバコを吸って、吸い殻を灰皿に残していっただろう。それを大城委員長は、何かのときのために保存しておいたのではないか」

「あ、なるほど、そうだったのか！」と上原警部補はコブシの手をもう一方の手にパチンと打ちつけ、私もびっくりしてそれが真相なのかと思ったが、千鶴の口ぶりはそれほどうれしそうでもなかった。

「そしてそれが役にたつときが来た」と千鶴は上原の反応にはおかまいなしにコトバをつづけた。「田丸と浩平は、やはり調査では浮かびあがらない水面下で結託していて、久美子を誘拐する手はずを共同謀議していた。目的はもちろん、大城委員長が島村に支払った

現金を取り戻すことだった。それが一千万円にまで達していたかどうかはわからない。ところが途中で仲間われがあって、誘拐計画が完遂される前に、田丸は浩平を殺さなければならなかった。そのとき、大城委員長から預かっていた島村の吸い殻を、田丸はわざと現場に残しておいた。島村に嫌疑がかかれば、犯行のカモフラージュになるだけでなく、島村にたいする警告や牽制にもなる。警察につきまとわれれば、それ以上余計な動きは取れなくなるだろう。もちろん殺人犯人として島村を逮捕してもらえれば、それがいちばんありがたい話だ、と田丸は考えていた」

「そうか、そうですね」と警部補はにこにこ腕組みした。

「田丸のアテがはずれたのは、浩平の死後すぐに吸い殻の落とし主が特定されなかったことだった。田丸のほうから『あれは島村のものです』と警察に教えるわけにもいかないから、やきもきしていると、自分の吸い殻が捜査本部に保管されているなどとは知るヨシもない島村は、あいかわらず大城委員長と連絡を取って、次の傷害事件の計画について、あるいは次の支払いについて持ちかけてくる。これは島村を殺すほかはない、という判断が、田丸一人か、あるいは委員長をふくめたＰＪ会のどこかで、くだされることになる。田丸は島村を殺して、今度こそタバコの吸い殻に警察の注意をむけるために、吸い殻を胸に押しあててから現場を去った」

「あ、ありがとうございます。それでスジがとお――」

「ところが」と千鶴はまるで警部補の声に気づかなかったかのようにコトバをつづけた。「警察の捜査は、このところPJ会本体にもむけられるようになってきた。これでは今までの苦労も水のアワだ。しかも連絡協議会の記者会見もいよいよ設定されてしまった。だからやはり、最後は田丸がすべての責任を取って死ぬしかない、という結論になった。ただしその結論を出したのが、田丸一人なのか、PJ会のどこかの密談の結果なのか、それはやはりわからない。そんなところかしら」

「はい、そのとおりです」と警部補は言って、一段落したところでようやく千鶴の浮かない顔に気がついた。「あの……それで何か、問題がありますか?」

千鶴はまたため息をついた。今度は警部補が手をあげて、

「もちろん、田丸と浩平の関係、島村の手元から消えた現金、そうした謎は残りますけど、ただ解釈の方向としては、今おっしゃった線でいいんじゃないでしょうか」

「だからその線の前提条件は、田丸が自殺だった、っていうことでしょう? 自殺だと考えると、それだけおおきな謎が出てきちゃうんですよ。小さな謎はもちろんもっといっぱいありますよね。だから、むしろ背理法から言って、田丸は自殺じゃなかったって考えたほうがよくありません? 全部のパーツを一から組みたてなおして、新しい、謎が残らない解答を探す必要があるんじゃないですか?」

「そんな、パズルみたいにいきますかね、現実の事件は」と警部補は千鶴が自分で出した

名解答に満足しないのが不思議だ、という口ぶりだった。「人間のやることなんだから、多かれ少なかれ、謎は残るんじゃないですか？」

「あ、それは正しい」と千鶴はようやくにっこり笑った。「だから、どこまでがパズルで、どこからが人間か、それを見きわめることが大事なんですよ。あるいは、それがどこまで人間的なパズルなのか」と、千鶴はまるで「探偵小説の読み方道場」みたいなことを言って自分一人で納得していた。

8　久美子

千鶴先生は、わたしに会ったらすぐに、

「少しは落ち着いた？」って言ってくれたのでうれしかった。

やっぱり田丸がお父さんを殺した犯人みたいな話になったらしくて、刑事たちがウチや近所に田丸の写真を持ってまわってた。わたしもお母さんも見たことのない人だった。わたしは久志や美穂から田丸の話を聞いてたので、あ、この人か、と思ったけど、写真はワイシャツとネクタイ、しかも魚眼レンズで写したみたいに顔がぬぼーっとしてたからさっぱり迫力がなかった。

千鶴先生をかこむ会、みたいになって、九時ごろみんな里緒先生が予約してくれた『善ずし』に集合したら、さっそく田丸の自殺には、みんな驚いたよりもよろこんだ、っていう話になった。

「みんな田丸先生が死んで、よろこんでるわけね？」

「はーい」

「はーい」

「かんぱーい」

「美穂さんも被害にあったの？　おっぱいつかまれた？」

「えーと、わたしは、鼓膜ちょっと破かれたー」

「え、大変じゃない」

「うん、でもちょっとだけだから」

「どうしたの。殴られたの。なんで？」

「うーん。わたし、アタマ悪いからー」とにこにこしている美穂はリッパだ。

でも里緒先生も千鶴先生もあきれている。

「田丸が生きてれば、さっそく上申書を書いてもらいたいところだけど」と里緒先生は言った。

「そう言えばおまえ、田丸が店に来たことあるんだよな」と公和が言った。

「うーん」と言って美穂がにこにこしているので公和が代わって、

『いらっしゃいませー』とかって、スケスケのネグリジェで出てったら、ドテンといばりくさってるのが田丸だったんだって。そういうときって、先生のほうがビビるものっすよね。ところが田丸は、ぜんっぜんビビんなくて、『おう、おまえか』とか言って、『ちゃんとサービスしないと、またぶん殴って鼓膜破くぞ』って、自分ひとりでゲラゲラ笑ってたんだって。な？」

「うふー」と美穂は思い出し笑いしてる。

「それでどうしたの」

「ユカちゃんと交代してもらった」

「嫌なときはマネージャーさんに言えばいいんすよ」と公和。

「だけどそれからまた来たよ」

「また？　なんでだよ」

「『おまえはいいから、おまえの友達を誰か紹介しろ』って」

「何それ」

「あいつロリコン？」と久志。

「なんでおまえ、田丸にばっかりあたるんだよ。そんなに通いつめてたのか、あいつ？」

「ううん。だけど、二回めは指名なんだもん」

「え。おまえ本名で出てるから、そういうときあぶねえんだよ」と公和。

「えー。だってー」

「まさか中学のときの先生が来るなんて思わないもんね」とわたし。

「思わなーい。あたし本名じゃないと、自分が呼ばれた気がしなくってー」

「あ、それわかる」

「でもとにかくこれでひと安心だね。田丸がいなくなって」

「うーん。すごくうれしいから、みんなにすぐ電話したー」

「おれも電話かけまくったよ。みんな大喜びだったぜ」と久志が言うと、

「ほんと、浩平がいたらなあ、って思ったよ」と公和。

「だよなー」

「浩平君、特別田丸にひどいことをされたの?」と千鶴先生。

「いや、そういうんじゃないんすけど」

「あいつ、ガマンができないっていうか、キレたら終わり、って感じだったから。な」

「一回窓から机を放りなげたー」と美穂。

「そうそう。あれ以来あんまり学校来なくなっちゃって」

「いつのこと?」

「三年の秋ごろだったっけ」

「そう」

「あれ以来、あいつの話の半分は田丸だよな。いつまでもブチブチ恨んでんの」と久志。

「あいつ、高校もすぐやめちゃったけど、そのたびに田丸さえいなきゃ、って話になるんすよ」と公和。

「田丸を殺す計画たてておもしろがったり――」

「へえ。どんな計画？」

「なんか、いろんな殺しかた考えて、ノートに書いててな」と久志。

「たとえばどんな？」

「なんだか子供じみた話っすよ」

「雪祭りの雪像の中から、田丸の死体が出てくるとかな」と公和。

千鶴先生が思い切りふきだした。

「あと、花火大会のときに花火をすりかえといて、バアーンと上がると、『田丸死ね！』ってでっかい字が出てくるとか」

「まともなものは一つもなかったの？」

「ないすよ」

「すごくいいトリックを思いついたけど、おまえらには教えねえって、カッコつけてたときもあったよな。二月か三月ごろ」

「あったあった。実行したときにバレないように、とかってな。あいつプライドだけ高えからさ」

「だけど、今度の自殺だって、もし殺しだったら、おれまっさきに浩平を疑うぜ」と公和。

「浩平、いないんすけど」

「だからいたら、の話だよ」

「死んだやつが犯人、って、これどうよ。なかなかじゃない？」と久志。

千鶴先生はちょっと目を丸くした感じだった。

「あいつ、田丸を尾行してたこともあるんすよ。田丸の弱みを握ってやるっつって」と公和。

「へえ。何か出てきた？」

「出てこないっすよ。思いついたときにたまにやるだけだから」

「だけど、ソープだかピンサロだかに行ってることはわかったって言ってたな」と久志。

「言ってた。それでなんとか脅迫のタネにならねえかって、話したけど、無理だっつう話になった」

「『ふつうの教師だったら、ヤバいと思うかもしんないけど、田丸はそんなことでビビるようなタマじゃねえぞ。かえってなんか逆襲されるぞ』ってな」

「そうそう」

「それはいつごろの話？」と千鶴先生。

「いつだっけ。春休みごろだっけ」

「そう。ちょうどあいつ、バイクに乗りはじめたころで、目的があってちょうどいいや、って言ってたから」と公和。

「そう言えば田丸は、ピンサロの前で浩平とばったり会ったことがあるって言ってたな」と千鶴先生。

「その尾行のときだったのかしらね」と里緒先生。

「そうですよ、きっと」

「『コロボックル』とかって」

「そうそう、それ」

「そこは美穂さんが勤めてるお店じゃないのね？」

「うーん。ちがう。でも、友達はいる」

「キリカか」

「そう。あ、そう言えば久美子、水曜日がダメだって言ってたから木曜日に予約したよ、ネイル」

「ありがとう。わたしも美穂みたいにするの」とわたしが言うと、みんな美穂が見せた爪をしげしげ見た。その日のネイルはすっごくかわいいおさかなとか貝がらとかが描いてあって、人さし指はマーメイドでぷくぷくっとアワもついてるの。

「これ、キリちゃんが描いてもらってるところに行って、やってもらったの」

「すっげえ」と久志。

「いまそういうの、はやってるの？」と千鶴先生。

「はやってるー」と美穂。

「だけど、それじゃチャワンとか洗えねえじゃん」と久志。

「洗うよー」

「落ちちゃわない？」

「落ちるときもある。そしたらまた描いてもらう」

そんなふうに話がそれたけど、またいつのまにか田丸と浩平の話にもどってきて、

「じゃあ田丸が死んで、浩平君、きっと天国でよろこんでるでしょうね」と千鶴先生が言うと、

「ぜったいよろこんでます」

「だけどさ、田丸もあっちに行ったから、まずいしょ。またあっちで殴られるしょ」と久志。

「言えてる」と公和。すると美穂が、

「えー。天国でも殴ったりしていいの？」

「いいも何も、おまえ、人間なんてどこ行ったって一緒だから」と久志がイジワルなこと

を言って、

「天国にもきっとピンサロあるから」と公和も言ったので、美穂は悲しそうな顔をした。

ノート NO.8

1 里緒

翌日まる一日、千鶴は札幌で時間があったけれど、警察が田丸にすべてを押しつけて自殺という結論で収束する方針なので、新情報もはいらなかったし、もう何もすることがないみたいだった。

田丸の部屋から出てきた誘拐メモの筆跡は浩平のものであることが確認された。千鶴は「今までの書類をもう一度点検してみるから」と朝の電話で言って、午前中はホテルの部屋にとどまっていた。

このとき千鶴が何を考えていたのか、正確にはわからないけど、田丸が浩平と島村義夫を殺して自殺した、という警察の結論は、私でさえ考えれば考えるほど納得できないポイントが見つかった。田丸と浩平の関係。消えた現金。田丸の自殺。それだけではなくて、仮りに田丸が自殺したのだとしても、この時点で、現金が見つからないまま北山厚夫も釈放され、捜査がこう着状態におちいっているというのに、どうしてあわてて自殺しなければならなかったのか。連絡協議会主催の記者会見が迫ってきていたことも一因なのかもしれないが、それは最後の手段にまでうったえなくても、ひとまず依願退職でもすれば、田丸としては切りぬけられるはずだったのではないか。それに浩平が殺された夜、田丸は鎌田誠一郎校長と一緒にいたのでアリバイがあった、という問題だってある。だからもし彼が本当に自殺したのだとすれば、ほかにもっと隠れた動機があったのかもしれない、と思うと、千鶴が田丸の女性関係に関心をもった理由がなんとなくわかるような気もした。

ただ残念ながら、疑問は浮かんでも、それに答えることは私にはとても無理だった。おとなしく千鶴が来るのを待つしかなかった。

一時になると千鶴はやってきて、まず鎌田誠一郎校長にもう一度会いたい、と言った。

「それはいいけど、前回あなたはＰＪ会のまわし者みたいなフレコミで彼に会ったのよ。だいじょうぶなの？」と私は言ったけど、

「なんとかなるよ。今度は里緒も一緒にいていいよ」と千鶴は言った。

宮の森東中のグラウンドの雪は校舎の足もとと花壇の囲みだけで、あとはだいたい融けて泥んこになっていた。札幌の雪はこれからが本番だ。その日も白っぽい曇り空で、夜半

から雪だと予報されていた。

　鎌田校長は職員の自殺に対する対応でテンテコマイだったが、どこかホッとしたところもあったのではないだろうか。私を見ても、前のようにいらだった表情を示さなかったからだ。

「いやあ、きのうはテレビのニュースにはじめて出させられて。ロクなもんじゃないですな。ライトがまぶしくてまぶしくて、どうもならん」と苦笑しながらタバコに火をつける。

「妙な結末になりましたけど、われわれの協議会は、これで解散せざるをえないだろうと思います。記者会見も中止になりました」と私は言った。

「そうでしょうね。そう思っとりました。まあ、私もかれの生前は、いろいろ悩みがありました。岡本先生がおっしゃるのも、無理はないかと思うこともありましたのですが、そこは校長だから、教職員を守る立場がありますから、がんばっておりました」となんだか校長は態度が変わったので私はおどろいたけど、

「お疲れさまでした」ととりあえず言うと、

「ほんとにね」と校長はぐったりため息をついた。安堵の大きさがしのばれるため息だった。

「けさもね、朝礼で子供たちに話をしたほうがいいだろうと思ったんだけど、子供たちの中には、田丸先生が亡くなって、かえってよろこんでる者もたくさんおると、こう言うん

ですよ。若い先生がたがね。だけど、それは違うと。きのうまで何があったか知らないけれども、きみたち、いったん死んだら、死んだ人はみんな神様だからね。神様になって、これからは私たちを守ってくれるんだと」

「ＰＪ会の教えですね」と千鶴が神妙な口調で言った。

「さようです。ただ私が生徒に申しましたのはね、死んだ人が神様になるという考えかたは、世界中にあるんですよ。アメリカ先住民にもあるし、古代エジプト、マヤ・インカ文明――」

「ところで先生」と千鶴はあっさり話題を変えて、「ＰＪ会としても、問題の元凶だった田丸先生がああいうかたちで亡くなって、ひと安心しているところだと思うんですけどね。まず確認したいのは、警察の動きを見ていると、七月の藤田浩平の事件、九月の島村義夫の事件、いずれも田丸の犯行だという方向で決着しそうなんですが、田丸先生のご遺族、あるいは大城祥子中等教育委員長あたりは、その方向で了承していただけるんでしょうか」

「はい、やむをえないと判断しておると思いますよ。もっとも大城委員長には、今度のことがお耳に届いているかどうか、私も確認しておりませんけどもね。田丸先生のご遺族のほうは反対に、大城委員長のため、ＰＪ会のために先生があえて犠牲になって、会の窮地を救ったと、こう解釈する方がおりましてね。ゆうべも通夜がありましたのですが、おおつぴらにはともかく、うちうちでは、先生が会の不始末の罪をかぶったということではないかと、そういう話が出て、皆さんうなずいておられましたですな」

「それをうかがって安心しました。もう一つの問題は、田丸先生が藤田浩平の事件の犯人だとすると、田丸先生の当日のアリバイは当然崩されなければなりません。当日田丸先生は校長先生と『知床旅情』というバーに六時から九時までいらしたことになっているのですが、こちらのほうはだいじょうぶですか」

「はい、それはじつは、ゆうべ刑事さんからも言われておりましてね。『知床旅情』にいた時間は、七時半か八時ころまでではないか、という確認がございました。私も思い返してみまして、ひょっとすると店を出たのは、八時だったかな、と思いまして、そう申しておきました。いや、人間の記憶のことですから、三十分や一時間程度のズレは、これはしかたのないことでね。そんなことをうるさく言うのは、探偵小説の世界だけですから、あっはっは」

「つまり警察としては、校長先生にはむしろ協力していただいたということで、田丸のアリバイに関して偽証があったというような見方はしない方針だということですね」

「当然ですよ。むこうが書類上都合がいいように、私のほうで証言を変えてあげてもいいですよ、ということですからね。いや、そうはっきりむこうも言いませんが、そこはほれ、オトナの判断ということで」

「わかりました。そうしますと、最後の、いちばん大きな問題も、超法規的な、オトナの判断をなさっていただけるわけですね？」

「とおっしゃいますと？」と鎌田校長は椅子から乗り出した。

「どう申し上げたらいいのか、田丸先生にたいして、どこか天の声が、何か因果をささやいたかもしれないという可能性ですが……」

「はい、じつは私もそういうことがあったのかな、と思っております。それが田丸先生ご自身の心が聞いた天の声なのか、あるいは耳で聞いた声なのか、それはだれにもわからないでしょうけれどもね。わからないし、区別する必要もないのでしょうが」

「平和と正義を守るために、神になりなさい、という声ですね」と千鶴が言ったのは、PJ会のモットーがＰｅａｃｅ＆Ｊｕｓｔｉｃｅ（平和と正義）であるところから来たのだろうと私は推測した。

「はい。神の国にて見そなわしたまえ」と校長が言うと、二人はしばらくのあいだ両手の親指を額につけてじっと合掌した。

千鶴は東京に戻っているあいだにＰＪ会について勉強してきたのだろう。

「私も東京で、何人かの人に聞いてみたんですが、はたしてそれが、心の声だったのか、耳元のささやきだったのか、誰にもわからない、ということなのですが、校長先生はその点については……」

「誰にもわからない、ということでよろしいんじゃないですか。もちろん私もわかりませんし、大いなる神々のわざということで、すべては解決され、平和と正義は守られたと」と校長は自信たっぷりに言った。

「おっしゃる通りです。ですから仮りにですが、田丸先生が天の声を聞き入れようとしなかったために、神々のわざが、何らかのかたちで直接働いたとしても、校長はじめみなさんは、これ以上の憶測はなさらないでおいていただけますね？」

「は？　直接働いたって……」校長は最初青くなり、それからどんどん赤くなっていくように見えた。

「よろしいですね？」

「は……いや、そんなことがあるとは……いや……私のような平信徒には、ありがたい天の思しめしの不思議を、思いやる力はございませんゆえ……」と校長は今度は深ぶかとアタマを下げたまま合掌した。


「やっぱり警察は田丸がぜんぶやったっていう線でまとめようとしてるね」と車に戻ってから千鶴は言った。

「それは予想どおりだけど、あなたずいぶん勉強したのね、ＰＪ会のこと」

「勉強した範囲では、暴力団を雇った形跡はいくつかあるけど、北海道の中学の先生の問題にまで首をつっこむなんて話は出てこなかったんだけどね」

「だけど、それ以外に何か考えられるの」

「とりあえず次、行ってみよう」

「どこ？」

「ソープランド『ハスカップ』」

「いいけど、何しに？」

「わかんないけど、あのお姉さんにもう一度会ってみたい」

というわけで、またススキノに出かけることになった。


礼二さんが公衆電話ボックスの電話帳で『ハスカップ』の所番地を調べてくれているあいだ、宮の森東中の正門脇に停めた車の中で、千鶴は右や左をきょろきょろ観察しはじめた。

「地下鉄の駅はどっち？」

「こっち。すぐそこよ」

「円山公園は？」

「たぶんこの道をまっすぐだと思う。通っていく？」

「そうね。広い公園？」

「広いよ。野球場もあるし、北海道神宮もあるし。あ、田丸の最後の足取りね」

「うん」

「べつに公園まで行かなくても、この道ぞいにお店とかもあるしね」

「だって、もし自殺したとすれば最後の一日だったんだよ。あ、だから北海道神宮におまいりしたのかな、ＰＪ会らしく」

そのあと北海道神宮の参道を通りかかったとき、千鶴はしばらく鳥居にむかってＰＪ会式に合掌した。参道の両側は雑木林で、木々のあいだのほか、黒ずんだ枝や葉の上にもすこしずつ、融け残った雪の綿がまだらに載っていた。いまにもバサッと落ちそうで、落ちるまで見ていたいような気にさせる、あの不安定な雪の模様だった。

千鶴は車を停めたいとは言わなかった。

「なあに、自殺説にかたむいてきてるの？」と私がきくと、

「まさか。『あなたを殺した人を教えてね』ってお祈りしといたのよ」


『ハスカップ』は意外にジミな黒っぽい建物で、上のほうに明かりのつくブドウ色の看板が出ているだけだった。

「いらっしゃい――」と言いかけたボーイが、私たちを不思議そうな目で眺めた。

ボーイは蝶ネクタイで、雪かきのためのシャベルとチリトリを持っていた。このあたり

の雪は、道路部分はすっかり融けてたけど、建物や塀のまわりにはやはりかたまりが残ってよごれかけていた。

「応募の方……ですか？」

「違うの。ここで働いている人に会いにきたんだけど、それが、名前を忘れちゃって」

「女の子ですか」

「そう。その人は加藤光介さんのお友達で、『道々企画』の社長さんともお友達なの」

「ここの女の子ならたいていそうだよ」とボーイは笑った。

「でね、髪は黒でワンレン。爪はムラサキ」

「ムラサキ。マイちゃんかな。ちょっと待ってくれる」と言うと、冊子のようなものを持ってきた。

「この人かい？」

働いている子が写真つきで紹介されているアルバムだった。客に見せるのだろうか。

「ピンポーン」

「そしたら、どこで待ってもらったらいいかな。ちょっときいてきます」

というと、ものの三十秒でマイさんが出てきてくれた。

「車椅子ってきいたから、すぐわかったよ。どうしたの？」

「どうしたのって、こないだ噂してた田丸耕治って中学校の先生が殺されたじゃない」

「そうだよねー。驚いた」と言ったけど、マイさんはあんまり驚いてなかった。

「そいつのことでもうちょっと何か教えてもらえないかと思ったんだけど、時間あります？」

「あるよ。五十分ぐらいなら」とマイさん。この世界は五十分刻みなのだろうか。「じゃあ、お茶でも飲みに行こうか」

ということで私たちはマイさんの行きつけの喫茶店『キタキツネ』に行った。角を曲がれば『道々企画』が見えるかな、という界隈だった。

「弁護士さんなんだって？　驚いたよー」とマイさんが言うと、

「何かあったら相談して？」と千鶴はきやすく答えたけど、

「いやあ、あたしら、法律には守ってもらえないから」とマイさんは明るく笑っていた。

店の壁にはＳＡＰＰのポスターがどーんと貼ってあるではないか。なんだかうれしかった。

マイさんがアイスコーヒーを注文したので、私たちもそれにならって、届いて一口ずつ飲んでから、

「で、あの先生、あれからまた来た？　マイさんのところに」と千鶴はきいた。

「うん、来たよ。先週だったか、先々週だったか。手帳持ってくればよかったね。それがずいぶん久しぶりだったの。前は月に一回くらいのペースで来てたからね」

「そのときまた、自慢話とか、何かしてた？　あいつの周辺で、もう二人殺されてるのよ。本人をいれたら三人だけど。最後のときのこと、できるだけくわしく思い出して？」

「うん、べつにたいした話はしてないけどねえ。『ずいぶんひさしぶりじゃないの』って言ったら、『最近はかわいい子ができたから、少しまじめにやってるんだ』って言うから、『じゃあまじめにエッチしてるわけ』ってきいたら、『いやあ、エッチはしないんだけど、ほかのことはいろいろね。それで十分なのさ、ウチまで来てやってくれるし』って。あ、こんな話していい？」

「全然いい」と千鶴はよろこんでいる。

「だから、『それ、ただのデリヘルじゃないの。かわいい子ができたって言うから、シロウトの子かと思ったよ』って言ったのよ。『ところがシロウトなんだって』って言いはるから、『え、じゃあおカネ払ってないの？』『そりゃすこしは払ってるけどさ』『でしょう、そんな、タダでサービスしてくれる子なんかが突然あらわれたら、ススキノの立場はどうなるのよ』ってね。『だけどその子、おれのことが好きらしいんだな。むこうから電話かけてくるし、おれのほかにはほとんど仕事を入れてないって言うんだもの』って。ね、バカでしょう。そんなこと、女の子は誰にだって言うんだからさ。シロウトのフリして、半額なの、とか言って、あなただけは本気なのよ、ってのが、プロのやり口じゃない。だけどそんなことお客さんにむかって証明してみせたって、こっちは何の得にもならないから、そのへんでオチにしとこうと思って、『へえ、ずいぶん純情な子じゃないの。そういう子を夢中にさせて、こいつが悪いんだな、こいつが』って、チンチン思いっきりシゴいといたわ。あ、ごめんね下品で」

「その子の名前とか、デリヘルの店の名前とか、聞いてません？」

「聞かなかったな。そういうモテ話するお客、いくらでもいるから、めずらしいとも思わなかったし」

「その話、どういう役に立つのかはわかんないけど、田丸って教師が、マイさんの前ではけっこうふつうの人だったんだな、っていうことはわかりますね」

「あの人、ふつうだよね。ちょっといばりたがり屋だけど、それだけだよ。もっと面倒なお客いくらでもいるもんね」と言ってマイさんは目を細めてタバコを吸う。

「『ハスカップ』って、加藤さんの組が管理してるお店なんですか」

「うん、ここもそうだよ」

「あら」

私たちはあらためて店内を見まわした。でもふつうのぽっちゃりしたウェイトレスがぼんやり外をながめて、ふつうの痩せ型のマスターがぼんやり週刊誌を読んでるだけだった。

「あのSAPPってグループ、知ってます？」と千鶴が壁のポスターを指して言った。

「いや。そう言えばあれ、だいぶ長いこと貼ってあるね。バイトの子にファンでもいたのかな」

「加藤さんもこの店に来るんですか」

「来るよ、たまに」

「きょう来ないかな」

「きょうは出張だよ、たしか。あんた、加藤さんが気にいったみたいだね」

「ええ、だってすっごくいい人じゃありません？」

「そりゃそうだよ。あたしたちみんな、頼りにしてるんだもの。あのね」とマイさんはタバコを消しながら、

「意外に思うかもしんないけど、この世界、昼間の世界より信用できる人は多いよ。ほら、その中学の教師ってやつが、いい見本じゃない。あ、悪い見本か」

「そうですよね」

「でもあいつ、死んだんだよね。私のお客さん、けっこう死ぬんだよー」とマイさんはケラケラ笑った。


それから私たちは大通りに出て、テレビ塔に昇った。はっきりした目的があったわけではない。まだ出発まで二、三時間あったので、札幌の冬景色のほんの始まりだけでも見せてあげようかと思っただけだ。

地上九〇メートル。いちばん遠くまで見えるのは、もちろんテレビ塔を起点にして西へ延びる大通り公園の芝生の雪だった。でも今はまだ、雪よりも信号のほうがはるかに目だつ。

「この大通りをずっと行ったところが、宮の森とか円山ね」

「うん。なんだかずいぶんなじんだ気がする」

「そうだよね」

テレビ塔の北側や南側は高いビルが続々とならんでいる。そのかわり大通りに背をむけると、東の創成川のむこうは見はらしがよくて、どんより雪雲の空の下にダウンタウンと住宅街が混じりあったような街なみが遠くまで見えた。家々の屋根やビルの屋上はたいていまだおとついの雪をかぶったままだった。

「これからここがまっ白になるのね」と千鶴は言った。

「そう。吹雪の日には視界がきかなくて、ここからじゃきっとなんにも見えないよ」

「そうか。そうだろうね」

「でも、今ならきのう行った田丸のマンションもちょこっと見えてるよ」

「どこ」

「あの斜めに延びてる通りの左側に、大きなお寺の屋根が見えるしょう。あれの左にスギの林があって、その隣り」

「あ、わかった。……あれ」と千鶴が言った。

「なあに?」

「あのマンション、屋上に雪がないね」

「融けたんじゃない?」

「だってほかの建物の屋上はたいていい雪が残ってるよ」

「そうか。どうしたんだろうね」

返事がない。

私はまたなにか考えているのだろうと思って、しばらく千鶴をそっとしておいた。

しばらく待っても、千鶴は動かなかった。手だけをあちこち動かしている。やがてそれもすんだけど、千鶴は動かなかった。なんだか顔面蒼白みたいだった。

「どうしたの? 千鶴」

「……そうだったのか」と千鶴は言った。

「なにが? なにかわかったの?」

それからまたしばらく千鶴は返事をしなかった。そのあいだに、驚いたことに、千鶴の目から涙があふれはじめた。

「どうしたの? ねえ、千鶴」

千鶴は思い切り目をつぶって涙をこらえたけれど、こみあげてくるものが止められないで、顔もお化粧もぐちゃぐちゃになっていった。

「……どうしよう。どうしよう」と、なにをきいても千鶴はしばらくそれしか言わなかった。

付記　NO．1――里緒

　物語と手がかりは以上までである。ここまで書きためてきたノートの中に、すべての事件の謎を解きあかす手がかりが、おそらく詰めこまれている。

　ちゃんとした探偵小説なら、ここで「読者への挑戦」という自信たっぷりのページが挿入されるのかもしれない。

　だけど私は自信たっぷりになれない。いままで書いてきた中に手がかりが「おそらく」詰めこまれている、としか言うことができない。

　なぜなら、私をふくめて、千鶴以外には誰一人、事件の真相に到達していないからである。

　千鶴は「真相を知っているけど説明しない」と言ったわけではない。ただ「この事件を通じて、あることに気がついた。それにもとづいてあらためて考えてみると、自分はこの事件をこれ以上捜査すべきではない、と考えるほかなかった」という言いかたをした。

その気づいたことというのは何なのか、もちろん私はたずねたが、千鶴はそれ以上何も語ろうとしなかった。

テレビ塔をおりて、1Fの『小樽ビール』の店でお化粧をなおして、だんだん落ち着いてきた千鶴だったけど、話しているとまただだまりこむばかりだった。

と言っても、話したのはほとんど私だけだった。

答えを一人じめだなんて千鶴らしくないよ、とか、あなたの感想はいいから、事件の客観的な真相だけ教えてよ、とか、教えることが弁護士としての義務じゃないの、とか、思いつくかぎりのことを私は言ってみたのだけれど、千鶴のかたくなな態度には変化がなかったし、あまりしつこく問いつめると、「私は何も解決なんかしてないの。真相なんか知らないの。ただまぼろしが見えただけなの」としらばくれたことさえ言うようになった。

そして予定を早めて、六時半の飛行機でさっさと東京へ帰ることに決めてしまった。


結果として、新しい犯人は逮捕されず、事件はすべてが自殺した田丸の犯行というかたちで、「被疑者死亡」の扱いを受けることになった。

私には事件の謎のほかに、ある意味でもっと強烈な謎、真相を語らず、犯人逮捕に協力しようとしない千鶴、という謎が残されてしまった。

ただし、千鶴が発見したものが「まぼろし」などではなく、事件の真相に深くかかわっていることは、その後千歳へむかう前に千鶴が取った行動にもあらわれている。

千鶴はまず、田丸のマンションに行って、管理人の老人に一緒に来てくれるように頼んで、屋上へ昇った。

エレベータで五階まで昇って、そこから屋上までは十段ほどの階段をいつものように礼二さんが背負って昇った。

田丸の部屋のほうはチラッと見ただけで、千鶴は何も言わなかった。

屋上の扉は鍵がなく、春から秋にかけては住民が洗濯物を干すのに自由に使っているが、冬のあいだは管理人がときどき来る以外は昇ってくる者はほとんどいないという。

テレビ塔から見たとおり、屋上の雪はほとんどすべて融けていた。五階までのベランダと同じような鉄の手すりが四方をめぐっていて、その手すりの上辺にも下辺にもまだ融け残った雪が凍りついていたし、エレベータの機械をおさめた倉庫の北側にはかなりの雪がななめに固まっていたけど、それ以外はあらかたは融けてしまっていた。

「この建物だけ、どうしてこんなに雪が融けたんですかね」と千鶴は管理人にたずねた。

「さあねえ。あの雪の朝には、もうちょっとこう、一面に積もってたんだけどねえ」

「管理人さん、おとついの朝にここへ来たんですか？」

「来たもなんも、雪かきのスコップだのなんだの、出さなきゃならないしょう。雪降ったら、道具を下におろすのさ。下の倉庫、狭いからね」

「ご苦労さまです。で、その朝、何か見つけました？」

「だから、雪がこのあたり、ぜんぶ積もってましたよ」

「足跡は？」

「足跡？　いや、なんも」

「そのほかに何か、ありませんでした？」

「いやあ、とくに変わったことはなかったなあ」と言って管理人は目を細めてもう一度屋上を見わたした。

「手すりの上に雪が残っているのは、どうしてかなあ」

「なかなかすっかり融けないからね」

「……それはまあ、なんとかなるか」と千鶴は一人で納得している。

ビュッと風が吹いて、髪や服が流れて寒かった。

「そう言えば、バケツがなくなってるけど、あれは関係ないだろうね」と管理人が言った。

「バケツですか」

「バケツが二つ重ねて、あのあたりにあったのさ」と管理人は南側、つまりベランダのある側を指して、「ゴミを投げる、でっかいポリバケツがあるしょ。青いやつ。あれさ。おかしなものでもないし、そのままにしといたんだけどね。今見たら、なくなってるね。持ち主が取りに来たんだろうね」

「なんであんなところにあったんだろう」

「風に追われて、あっちまで動いたんだかね」

「中身はからっぽでした？」

「うん、まあ古くさい、底に穴あいたバケツだったからね。がらくたでも詰めて投げるつもりで、しばらくここに置いといたんでない」

「投げるって、捨てるっていう意味だからね」と私は注釈した。

「あ、ここから下へ投げるわけじゃないのね」

「はっはっは、こっから放り投げたら、事故になるしょう。なんも、ただ投げるのさ。ねえ」

「はい」と千鶴はゆっくり言って、冷たい風が髪をなびかせるのが気持ちいいと言いたげに風のほうをむいた。それから南側の手すりに近づいて、しばらくそれを調べたり、下の雪の原を覗きこんだりした。

　ちょうど田丸が倒れていたあたりをま上から覗きこむ場所まで来ると、千鶴はいったん車椅子をロックしてから前かがみに手を下へ伸ばした。屋上の四辺に設けられた細い溝のための排水口がそこにあって、半分凍りついたシャーベットみたいな雪がかぶさっていた。千鶴はそのシャーベットを爪でカリカリッと掻いて、糸のような細いひもをそこから拾い上げた。シャーベットのかけらがまつわりついてクモの糸みたいにきらきらしていた。

「これ、何でしょう」

「さあ、どっかから飛んできたもんだか」

「え、二メートルぐらいありますよ。あ、これか」

「なあに？」

すると答えるかわりに千鶴はそのひもの端を口に入れて、まつわりついたシャーベットをしゃぶるみたいなしぐさをした。

「何してるの？」

千鶴はにっこり笑って、

「おいしい」

管理人が笑った。

「お客さん、札幌の人でないんですか」

「はい。でも、これから札幌の人になろうかなあ、と思って。とってもいいところだから」

「いいとこですよ。私もう七十年住んでますから」

「あたしはええと、全部で四日ですね」と千鶴は言って、管理人と顔を見合わせて笑った。

その次に千鶴が行ったところは、桑園駅前派出所だった。浩平の死体を発見し、久美子を助け出した花井秀二巡査に会いたい、というのである。

「は、自分に何か……」とにきびがぽつぽつ赤い花井巡査は緊張していた。

「あなた、島村久美子さんが縛られてるのを、クローゼットの中から助け出してくれたんだって？」

「あ、はい」

「拳銃を抜いてドアをあけたんでしょ？」

「あ、はい。しかし、発砲はしておりません」

「それはいいんだけど、そのときの久美子さんの縛られかたをききたいの。彼女、ぎっちり縛られてた？」

「あ、はい。ほどくのにもほどけなくて、自分がナイフを出して、ヒモを切りました」

「ということは、久美子さんが自分で自分を縛ったという可能性はないわけね？　自分ではぜったいそんなにしっかり手足を縛ることはできない」

「あ、はい。できないと思いますけど……」と花井巡査は困惑しながら言った。

「一度ゆるく縛って、抜け出してからまた手を戻しておいたとか。そんな程度のゆるやかな縛りかたじゃなかったわけね？」

「あ、はい。そうです、手首とかもきつくて、赤くなってましたから」

「そう。ありがと。彼女かわいかったでしょ」

「あ、はい、手首ですか」

「顔よ」

「あ、はい……」

「よかったっしょう、かわいい子を助けることができて」と千鶴が中途半端な札幌弁で言うと、

「あ、はい。……あのあと、チョコレートもらったたっす」と言って若い巡査のにきびのぽっちはますます赤くなった。


巡査と別れて車に戻ってから、久美子さんの縛りかたがきつかったことがわかると、何がわかるの？　と私は千鶴にたずねた。

「いや、へんなところで錯覚してもいけないから、確かめてるだけ」というのが千鶴の返事だった。


そしてそれで終わりだった。千鶴はそれから礼二さんに、ホテルに戻って、なるべくはやく東京へ帰りましょう、と言った。

私の何十回めかの抗議ももちろん聞いてもらえなかった。千鶴はもう私と話さえしたくないような感じだった。

それでも私はねばって、礼二さんの車で空港まで行った。

残り時間がわずかになって、あせるばかりなのは私のほうだった。

空港ビルの車寄せで私たちはおりて、荷物もおろしてから、礼二さんが車をレンタカーに返しに行っているあいだ、私たちは荷物の番をかねてその場にたたずんで待っていた。

これでお別れかと思うと私はなんだか泣きそうになって、

「ねえ、こんなに頼んでるのよ？　これは私にとっても大事な問題じゃない」と言ったけど、千鶴は口をむすんだままだった。

「私はこれからずっとキツネにつまれたままなの？」と私は思いきりうらめしそうに言った。すると千鶴は、

「そのキツネの名前は、北海道のキタキツネかな」と言って、ただし楽しそうにではなく、どちらかと言うと悲しそうに私をちらっと見つめて、

「ごめん。いろいろありがとう」と言って手を伸ばしてきた。

私たちはよくわからない、心が通わないことを確かめるためみたいな握手をした。

そのとき、前方の広い駐車場の暮れかけたブルーの空気に、ひらり、ひらりと白いものが舞いはじめた。

「あ。雪だよ」と千鶴は言った。それから自分で車椅子を動かして、歩道の段差のないところを選んで車道の雪の中へ出た。

黒いコートに赤いマフラーをのぞかせて、降ってくる雪を見あげる千鶴。

車椅子にすわって雪を見あげると、どんなに遠くから降ってくるように見えるのだろう。そんなことを私が考えてしまったのは、千鶴がじっと首をのけぞらせた角度のせいだったのかもしれない。まるで地上すれすれから、自分に降りかかるすべての雪のすべてのゆらめく道すじを、ひとつ残さずいっぺんに見あげたいと思っているかのように、千鶴は両手で車椅子の手すりをきつく握りしめて、じっと空を見あげて動かなかった。

すると千鶴はまた泣いていた。

すこし離れて立ったまま、私も泣いていた。

——それが私たち二人のSNOWBOUNDだった。

やがて礼二さんが戻ってくると、私たちの泣き顔にはまるきり気がつかないみたいに、礼二さんはにこにこと別れの挨拶をして、二人は空港ビルの中に消えて行った。

私はどうすればよかったのだろうか?

釈然としなかった。このままあきらめるわけにはいかなかった。

もっともそんな気持ちも、千鶴と一緒に行動して、テレビ塔の上で千鶴がおおきく変化するのを目撃したからそう思うだけだろう、ということは自分でもわかっていた。千鶴がいなければ、新聞報道などを読んで、やっぱり田丸はそこまで悪いやつだったのか、と思って、それ以上追及する気にはならなかっただろう。

まるで私は禁断の木の実を食べさせられたようなものだ。

——いや、千鶴は私までがそれを食べることを何としても食いとめようとしたのかもしれない。ということは、真犯人は私の身近にいる、ということなのだろうか。一瞬そう思うだけで、その疑問はあまりにも不透明、あまりにも恐ろしいので、私はとても考える気力が湧かなかった。

私は上原警部補に相談した。警部補も、田丸がすべての犯人であるという説には不満をいだいていたが、それ以上新しい情報はなにもつかんでなかったし、ましてや千鶴の到達した真相や認識がどのようなものなのか、見当もつかない点では私と同じだった。

「だけど、千鶴は私とずっと一緒だったんだよ。私じゃないときは誰かと、ほとんど一緒だったんだよ。千鶴一人で私たちの知らない何かを発見したなんてことは一つもないはずなんだよ。なのにどうして、千鶴だけが真相を知って、私たちはチンプンカンプンなの？」

「そしたらさ、みんなで協力して、千鶴先生が札幌に来てからの行動、会った人、話した内容、見た資料、そういうのを、できるだけ克明に思い出して、再現して、書いてみたらどう？　なんとなくやり過ごしたものも、書いてみれば意外に注意がむいて、気がつくかもしれないじゃない」というのが、上原警部補の提案だった。

その後大城祥子中等教育委員会委員長は大きな心臓発作を起こして死亡していた。警察の調査によれば、委員長の周辺には、一千万円どころか二十万円を超える預金の引き出しも、この間まったくなかったということだった。あれほど事件の焦点になっていた一千万円がどうやらまぼろしになり、警部補も千鶴に賭けてみたい気持ちが強まっていたのかもしれない。

「なるべく小説ふうに書いたほうがいいよ。細かいところをそのまま書くのさ」

「つまり、探偵小説を書くということ？」

「そういうことになるね」

「答えのわからない探偵小説なんて、あるの」

「書いた人にはわからなくても、別の人が読んだときにハッと思うことがあるかもしれないじゃない、千鶴先生の立場に立つことができれば」

「その別の人って、あなたのつもり？」

「さあ、そこまで自信はないけどね。読ませてもらえるなら、あらためて考えてみたいけど」

そこで私は、久志、久美子、公和に相談して、今までの出来事をなるべく正確に思い出してみることにした。三人とも、文章を書くことの大変さが最初から予想できていたら、尻ごみしてたにちがいないけれど、さいわい長い文章なんて書いたことがなかったから、その大変さも予想ができなくて、とにかく思い出したことをそのままだらだら書けばいいのだから、と言って、私の試みに協力を約束してくれた。

もちろん真犯人がいるのなら、捕まえたい気持ちはみんな持っていた。浩平の事件の重要な目撃者になり、お父さんを殺されもした久美子はとりわけ重要な役割をになうことになって、緊張もしたみたいだったけど、それだけ意気ごみも強くて、しょっちゅう事務所に来てはノートにせっせと書きためてくれた。

こうして正月休みをはさんで三か月近くたって、いちおう最後まで書きすすめたものが、これまでの八冊のノートである。

ただその途中、私たちが誰も知らないで千鶴だけが知っていることが一つだけあることを思い出した。留萌線の車窓風景、そして真布駅周辺の様子である。

千鶴が出かけたのは九月二十五日で紅葉の見ごろだったけど、私が気がついたときにはもう十二月で、まっ白な季節だったから、千鶴が見たのと厳密に同じ風景を目撃することは望めなかったけど、雪が融けるまで待っているわけにもいかないので、私は十二月のよく晴れた日曜日、深川経由で留萌線に乗るために出かけて行った。上原警部補が一緒に来てくれた。というか、私は上原警部補とだんだんよく会うようになっていたのだけど、その話は無関係なのでここには記さない。

浩平の誘拐メモが指定していた、札幌十二時発の「快速エアポート」旭川行き。深川でおりたのは私たちをふくめて五、六人だった。雪と線路の墨絵のような光景だった。駅前には問題の公衆電話ボックスがあった。二時間に一本ぐらい出るバスの停留所もあった。そのほかは食堂が一軒だけ。

留萌線は上り下りとも一日五便しかないが、私たちは浩平のメモが指定した列車で行ったので、切符売り場の前の木のベンチで三十分待てばいいだけだった。

やがて電車が入線する。一両編成。

長靴をはいた中年男性が二人、カク巻きをかぶったおばあさん、制服の女子高校生、それと私たち二人を乗せて、電車は出発した。ワンマンカーで、運転手に料金をはらって前方からおりる仕組みになっている。

山間部を抜ける路線なので、景色はずっと冬山だった。私たちはもちろん右側に席を取って、緊張しながら窓からの景色を眺めつづけたが、およそ五分おきに停車する駅よりほか、電車へのアクセスは何もなさそうだった。

駅は無人駅で、しかも一両の電車よりさえも短い駅が多く、電車の前方がそれにあわせて停車すると、最後部はホームから外れて、遮断機のない小さな踏み切りの上に停まる、という場合もあった。道路が雪におおわれているのでよくわからないが、停車している三十秒ほどのあいだに、この踏み切りにやってきて窓から現金を受け取ることが、あるいは可能なのかもしれない。

ただ、その場合は電車の最後部に乗れ、と指示を出しておかなければならないのではないか、というのが上原警部補の意見だった。

いくつか小さな駅を過ぎて、比較的大きな、というかふつうの駅らしい駅が、石狩沼田《いしかりぬまた》だった。町らしい家並みが駅舎のむこうに広がっている。

その次が真布だ。深川を出てから二十分ほどだった。

石狩沼田を出ると、線路の右側に国道が近づいてきて、しばらく並行して走った。国道であることがわかったのは、すっかり除雪されていたからだ。

線路と国道の距離は二メートルほど、あいだはよごれた雪ばかりで何もないから、おそらく九月には雑草が生えていただろう。

「これかな」と上原警部補が言った。

「どうするの。電車を停められたら、やりとりできるけど」

「停めなくても、車で走りながらむこうから怒鳴れば、聞こえる距離だよ」

たしかに二メートルほどの距離だから、おたがい走りながらでも、大声を出せば聞こえるかもしれない。私は車がこの国道をやってきて、電車と並行して走りながら、こちらにむかってなにか怒鳴る光景を想像してみようとしたが、あまりうまくいかなかった。

「なんて怒鳴るの」

「窓から金を落とせ！」と警部補はほんとにちょっと怒鳴ったので、ほかの乗客が全員こちらをふり返った。

警部補は苦笑しながら手を振ってあやまった。

でもそんなことをしているあいだも、国道はまだまだ線路と並行していた。たしかにこれだけ長く、至近距離を線路と道路が並んでまっすぐ走っている場所はほかにあまりないかもしれない。浩平がこの電車に乗ったとき、たまたま道路を車が走っていたとすれば、その近さと時間の長さを印象づけられた可能性は十分にある。中学一年生だったら、一緒に走る車に手を振りたくなるかもしれない。

道路のむこう側はすこし田んぼらしい平坦地で、そのむこうはもう山だ。今はどちらもまっ白で、まるで陽ざしの苗をびっしり植えたように輝いている。その中へときどき除雪されていないワダチの残る雪道が山の中へ、あるいは石狩沼田へ戻る方向へわかれていく。

それから電車は真布に停まった。駅のホームは左側、右側はまだ道路だった。

おりようか、と相談しているうちに電車は走り出した。すると国道はまもなく田んぼのあいだを山のほうへ遠ざかっていった。

そこから先は深川を出た直後の風景とまったく同じだった。国道はもう線路の近くにはあらわれなかった。

私たちはけっきょく留萌まで行って、帰りの電車を一時間半待って、深川へ引き返して札幌に戻った。

札幌から深川までが一時間、深川から真布までがわずか三十分の距離だ。一時間半で完全な別世界が広がっていた。札幌がいかに特別な都会であるかがよくわかる一日旅だった。

でも犯人はわからないままだった。

上原警部補と私の結論は、おそらく石狩沼田と真布のあいだの並行した国道を、誘拐犯人は利用しようとしていたのだろう、ということだった。この並行は約四キロ、電車がおよそ五分走るあいだつづく。怒鳴るにしろ、なにかほかの方法で電車とコミュニケートするにしろ、接近と逃走のためにあの国道を使わない手はないし、それをするだけの時間も十分取れそうだ。

ところがそれでは、現金引き渡しの手口が多少具体的にわかっただけで、事件解決の決め手にはならない。だけど千鶴は真布へ行った日に、千歳空港から電話をくれて、「ちょっとおもしろいことがわかった」と言っていた。それは「ちょっとおもしろい」のだから、犯人がわかったということではないかもしれないけど、それではただ単に、至近距離の国道の存在から現金引き渡しの方法に見当がついた、という意味にすぎなかったのだろうか。

「そうだったのかもしれないよ。そうじゃなかったかもしれないけど」と警部補は自信喪失を告白した。私も同じ気持ちだった。

そうである以上、私はますますノートの作成に力を入れて、がんばって克明に書いていくほかなかった。年末年始の休暇を私はほとんど全部ノートについやした。

こうして八冊のノートがいちおう完成した。三月もなかばになっていた。

ところが、ここまで努力して、テレビ塔で最後に千鶴が泣きだした場面までようやくたどりついてみても、依然として謎は謎のままなのである。私だけでなく、協力者三人も、第一の読者である上原警部補も、呆然としながら敗北を認めざるをえなかったのだ。

この間、千鶴からの連絡事項は、久美子の実の父親は千葉県でトラック運転手をしていたが、業務上過失致死事件を起こしてこの三年間は服役中とのことで、この件は久美子に伝えないでほしい、ということだけだった。

私はしばらく悩んだ末に、四月になって、思い切ってこれまでのノートを千鶴に送ってみることにした。

これだけの努力をしたことを認めてもらって、まだ何か足りない点があれば補足してもらいたいし、もっと望ましいことは、真相――あくまでも千鶴が考える解釈でかまわないから、それを教えてもらいたい、とあらためて書いた手紙をそえて、私はノートのコピーを千鶴に送った。ノートを読んでもらえれば、私たちの熱意が千鶴の心を動かすこともあるだろうと私は期待していたのだ。留萌線に乗ったことも私は書いた。

一週間後に、千鶴から返事が来た。

「ノートを拝読しました」と手紙は書いていた。「ここには私がいろいろ考える材料になった事実がすべて書かれていますし、私が知らなかったことまでも親切に書いてあります(たとえば島村義夫が死んだ直後のタクシーの中の久志君と久美子さんの会話など)。また、きっと初めての読者が読んだら、里緒たち自身が気づかない誤解を生じていて、いっそう混乱するだろうと思う面もあるけれど、注意してよく読めば、それもちゃんとクリアできる。要するに必要な手がかりは全部書いてあるように思います」

その次があらためてショックだった。

「でも、私は犯人の指名をする気がもうないの。実のところ、もうこれ以上この連続殺人事件にかかわりたくありません。これだけみんなで思い出して書いても、まだ釈然としないというのなら、そのほうが私にはじつはありがたいの。

あなたとの友情はもちろん大事だけど、私にはもっと大事なもの、というか逃れられないものが見つかった気がしています。こんな言いかたしてごめんね。でも東京に帰ってからもよく考えて、その結論は変わらなかったのです。わかってもらえないと思うけど、里緒と私は、やっぱり違う星に生まれた。違う星だからこそ友達になれて、そのことがありがたいっていう場合もあるわ。そんなことはわかってたし、今まで里緒がいろいろしてくれたことにはすごく感謝しているけど、私はもう、里緒の手の届かない私、なんだか自分でも手が届きそうもない私に、戻っちゃったようなの。違う星に帰っていかなきゃいけないの。

それにこれだけは言える。このままそうっとしておいたほうが、みんなが幸せになれる。それは間違いない。

これ以上はコトバになりません。

もちろん札幌での事件のことは、今でもよく思い出します。毎日思い出すと言ってもいいくらい。みなさんお元気ですか？　上原警部補にもよろしくお伝えください」

いったい私はこれ以上どうすることができるのだろう？

どれだけのタシになるかわからないけれど、もうすぐＳＡＰＰの第一回東京公演が予定されている。久志と公和のほか、久志の父親の畑中プロデューサー夫妻、島村久美子、山田美穂、それに私も、公演の前日には東京へ行くことになっている。

そのとき私たちが千鶴に会えて、すこしは事情を話してくれれば、また考えるヒントがもらえるのかもしれないのだが……。

付記　NO.2——礼二

先生は黒い絹のドレスに白く光るユリのアクセサリーをおつけになって、車椅子にじっとおすわりになってらっしゃいました。

私はその方が大切なお客様であることを承知していましたから、ダージリン・ティーをお出しすると、部屋の隅の椅子にすわってできるだけ動かないように、お二人の目ざわりにならないようにしておりました。

「これをお話しするのは、あなたを逮捕するためではありませんし、後悔させるためですらありません。後悔しているのは私のほうです。私はむしろあなたを自由にしようと思って、そのためにあなた一人で来てもらって、こうしてお話ししているのです」

先生はゆっくり、考え考え、お話しになりました。

「犯人を当てることは、難しくありませんでした。もちろん今回の事件は、最後に犯人の自殺で終わって、それで終わり、というふうに見えるように、全体として工夫が凝らしてありましたけど、一つ一つの事件の細部を見なおしていくと、案外すっきりした形で、この人しかありえない、という真犯人像が導きだされてくる。だからあなたに来ていただいたのです。

ただ、難しいのは背後関係と動機でした。そこに辿りつかないまま犯人を当ててみても、とても信じられない気がしましたし、大きな謎がいくつも残ってしまうことになります。なぜあの人たちが殺されなくてはならなかったのか。なぜああいう順番だったのか。しかもなぜ、たとえば一か月以内に全部片づけてしまうのではなくて、ほとんど二か月おきに事件を起こさなくてはならなかったのか。そういう謎を解きほぐすためにも、けっきょくはすべての謎を解かなきゃならなくなりました。

その結果が、ご覧のとおりなのです。最後のいちばん難しい謎の解答がぼんやり見えてきたとき、私は驚く以上に、この事件に関わったことを後悔しました。こんな謎を解くのじゃなかったと思いました。それはおそろしい謎でもあったけれど、それ以上に、人間には解いてはいけない謎があるんだということを私に教える謎でした。もちろん、私がことのほか敏感だったということはあるでしょう。私でなければなんでもなかったかもしれない。すこし同情して、それで終わりだったかもしれない。でも、そんな冷静なやりかた、私にはできませんでした。今回の事件でそんなに冷静でいられたら、それは私じゃないから」

先生はしばらく言葉をお休めになりました。

「ですから私は、せめて私が自分で見つけてしまった後悔を、きちんと自分のものにするように、私以外の人がこの謎に接近しないように、もうこれ以上なにもするべきじゃないと思って、東京に帰ってきたのです。私が手を引けば、警察の発表がそのまま通用することになるだろう。真犯人は逮捕されないことになるだろう。私は、その道を選ぶよりしょうがなかったんです。もともと、犯人を逮捕するなんて、たいしたことじゃありませんからね。とりわけ犯人が犯行にいたるまでの苦痛において、屈辱において、殺されるよりもひどい仕打ちを受けてきた場合には、それが殺人となってはね返ることは、ごく自然でもあるし、権利でもあるだろうし、同じような苦痛と屈辱をいまなお受けている人々にたいする激励でもあるとさえ、私は考えているのです。

最初のきっかけは、浩平君の事件のとき、現場に残されていた品々についての克明な記録でした。その記録は屑籠の中のものまですべてリストアップして指紋そのほかを調べている、徹底的なものでした。浩平君の毛髪まで数えられていましたからね。ところがその中に、不思議なことに、久美子さんの足を縛った紐を切って捨てたはずのゴミが、ふくまれていなかったのです。警官に発見されたとき久美子さんが手足を縛られていた紐は、切られて現場に残っていましたが、それ以外のものがない。ところが久美子さんは、浩平君に、最初は手足をしばられ、やがて足だけはいったん紐を外してくれた、と供述しています。そのとき足から外れた紐はどこへ行ったのか。屑籠には捨てられていない。ただし、浩平君が同じ紐をくりかえし再利用するために、いちいち紐を指でほどいたとはとても思えない。あの白いビニール紐は誰だってほどく必要があればハサミで切るやり方で使っていますし、紐の余分はまだ何メートルも残っていたからです。

調査書類を何度も読み返すうちにその点に気づいた私は、久美子さんは正確な供述をしていない、という結論に達しました。久美子さんが犯人なのか、それとも犯人をかばっているのか。仮りに久美子さんが浩平君を殺したのだとしても、そのあと自分の手足をかたく縛ることはできませんから、共犯者がすくなくとももう一人必要です。

いっぽう、紐のゴミが出ていない以上、久美子さんは最初から手も足も縛られてはいなかった、という推測もそこから出てくることになります。誘拐犯人のグループと久美子さんはじつは面識があって、すべてはグループによるいわゆる「狂言」であり、久美子さんは安心して逃げ出す必要もなく浩平君の部屋に留まっていた。そんな想像もされてきます。

たとえば、今久美子さんがつきあっている畑中久志君が、あの場面で浩平君の仲間だった可能性も考えました。久志君がたまたま浩平君の作った曲を気に入って、それが録音されたテープを盗んだことが、二人の仲たがいの原因だったのではないか、と。

それがそうじゃない、という結論にならざるをえなかったのは、もちろん、久志君にしろ、矢部公和君にしろ、一一〇番の電話をかけた声と声紋が一致していないからです。

ただ、久志君はアリバイについて嘘をついています。久志君は浩平君が死んだ日、北広島から岩見沢まで快速エアポートに乗っていて、後ろの席に金髪美人が乗っていた。おりるときに後ろを見たら、その美人も一緒に岩見沢でおりる支度をしていた、と証言してますけど、あれは嘘なのね。札幌の人たちは上りでも下りでも、札幌駅でおりちゃうからかえって気がつかないのかもしれないけど、私はたまたま真布へ行ったとき、往復とも札幌を通り過ぎて千歳空港と深川のあいだ乗っていたから気がついたんです。でも、実際に乗ってみなくても、地図をよく見ればわかることですけどね。快速エアポートは千歳線を使って札幌まで来て、函館本線のレールでまた北にむかうのだから、札幌から北は、列車の進行方向が逆になって、座席の向きも逆になるんですよね。北広島で後ろにすわっていた金髪美人は、岩見沢では前方の乗客になっているはずなのです。座席を回転させたにしても、させなかったにしてもね。

　私が千歳空港から里緒に電話をしたときには、その発見に驚いて、念のために知らせておこうかと思ったんだけど、その電話で島村義夫が殺された、と聞いて、話が急展開したので、けっきょく話す機会はなくなっちゃったんだけど、あの真布への小さな旅行は、一つは私にその発見をもたらしてくれたのでした。久志君はきっと、北広島からエアポートに乗って札幌でおりたのでしょう。でもおりるまでのあいだに、たまたま金髪美人が同乗していて、その人が岩見沢まで行くことを知ったのでしょう。外国人はよく自分の行き先を声に出して、自分が正しい列車に乗っていることを確かめたりしますからね。久志君はそれを利用して嘘をついたんでしょうね。

そんな単純な、ばれやすい嘘を連続殺人犯人がつくなんて、とても信じられないでしょ。その点でも久志君は、犯人として失格なんだけど、久志君がどうしてそういう嘘をついたのか、あらためて考えてみると、ちょうどその日、かれはいつもと違う変なシャツを買ったと言っているのね。あれは本当は、久志君の実のお母さんからの誕生日プレゼントだったのじゃないかしら。つまり久志君は実のお母さんに会っていたんだけど、それを両親、とりわけ今のお母さんに隠していたくて、嘘をついたのじゃないかと思います。今のお母さんはやさしくしてくれるから、仲良くやっていきたいけど、実のお母さんにもときどき会いたい、っていう久志君の二重の気持ちが、そういう嘘に結びついていると考えれば、問題にするに値しないどころか、久志君はとてもやさしい子なんだってことが、あらためてわかってきますよね。

久志君、公和君以外に、そのほかまだ誰も知らない第三者がいて、仲よく狂言誘拐の計画を立てた、一一〇番の電話はその第三者によるものである、というふうに想定してみることも、論理的には可能であるように見えますが、実際にはそんな想定には意味はありません。なぜなら、久美子さんの友人関係は最初の段階で調査されて、親しい男の友人はいないという結論が出ていましたし、浩平君の側の友人や知人については、加藤光介をはじめ、アリバイその他の調査で無関係だということが立証されているからです。ですから誰も知らない第三者の存在の可能性は、もともと無視してもいいほど小さいですし、第二、第三の事件の特質を考慮すると、その可能性は完全にゼロになってしまいます。

たとえば、私が真布へ出かけて現地を見てきたもっとも重要な結論は、けっきょく誘拐の手順がすべて浩平君一人の発案に帰せられる、ということでした。留萌線の真布駅周辺の線路が、およそ四キロにわたって隣りの国道と並行して走っていることは、里緒が実地に確かめてきたとおりです。めずらしい光景だから、浩平君の記憶に残っていたとしても不思議はありません。この四キロを使えば、電車と犯人側の乗り物とが、両方ともおよそ時速五十キロで走ったままで、たっぷり五分使って現金の受け渡しができます。

受け渡しの方法は単純でいいのです。うんと子供っぽく考えれば、虫取り網のような道具を直接電車に差し出して、そこへ現金を入れさせることも考えられますけれども、虫取り網は遺留品の中にはありませんでした。そこで虫取り網の代わりに、何が遺留品として残っていたかを思い出してみると、もちろんそれはシーツでした。しかもあのシーツは包装を解かれて、まさに使用される直前の状態にあったのです。おそらくシーツを適当な大きさに切って、「現金をすぐに窓から投げろ」というような指示を大きく書いて、それを旗のようにかざして見せることによって、電車の窓から現金を投げ出させる。ただちにそれを拾って逃走する。そういう計画だったのではないかと想像されます。それならたとえ警察が指定の電車に同乗していたとしても、手を出すことはできません。もちろん電車が急停車したら、オートバイならすぐまわれ右をして、反対方向へ逃げだせばいいのです。留萌線の全線にわたってあらかじめ非常線を配備しておくことは、時間の不足と範囲の広さからいって不可能ですから、これはそれなりにいいアイデアだったと思います。ちなみに浩平君の部屋にはマジックインキもキャップがとれた状態で残されていました。いかにもこれから指示を書き込もうとしていたのだと思います。そこに邪魔がはいったんでしょうね。

　ところでこの推理を延長させていくと、浩平君が七月二十六日にシーツを買ってから久美子さんに会った理由がわかると同時に、まったくべつの意味あいも浮かびあがってきます。久美子さんは誘拐事件を予定した上で浩平君にその日会ったのではないか。つまり、二人は二十六日に初対面したのではなく、何日か前に会って、意気投合して、狂言誘拐の筋書きを一緒に考える立場にあったのではないか。そうであれば、その間に浩平君が深川駅前までオートバイで行って、駅前公衆電話の番号を調べてくることもできたでしょう。またその間、二人で浩平君の部屋に行ったとき、浩平君がギターを弾いて、歌の好きな久美子さんが一緒に歌うか何か声を出すかして、テープに声が録音されてしまうことだってありえたでしょう。久美子さんはそのテープは誘拐の外見にふさわしくないので、事件後持ち出して処分してしまったのでしょう。

　こう考えると、誘拐の最初の電話だけじゃなく、留萌線を選んだことからシーツの用意まで、すべて浩平君が一人でできたことですし、実際すべて一人でやっていますから、この狂言誘拐は浩平君と久美子さんと二人だけのもので、ほかに共犯者はいなかった、という結論に私は達しました。この結論は浩平君殺しのプロセスを考慮することによってさらに裏づけられます。

ただしそれよりも前に問題になるのが、久美子さんのお父さん、島村義夫の煙草の吸い殻です。これは誘拐の仲間が島村義夫だったことを意味するかもしれない、つまり島村が娘をあえて誘拐し、自分自身から身代金を取ろうとした、と一時的には考えてみることもできました。しかもその想像は、浩平君以外の犯人が久美子さんと顔をあわせていない、という久美子さんの証言をも説明するように思われたので、しばらく迷わされましたけど、紐のゴミの件で久美子さんの証言の信憑性に疑いが生じている以上、まったく別の観点から再検討する必要が生じてきました。すると出てきた答えは、久美子さんが父親である島村を、誘拐事件の犯人に仕立てる意図で、かれの煙草の吸い殻をわざわざ用意したのだ、というものでした。

おそらく久美子さんは、島村が奥さんの志津子さんと話している内容を一部小耳にはさんで、島村がＰＪ会を巻き込んだ恐喝によってすでに一千万円を実際に手にして、相棒の北山と山分けしたと思いこんでいたのでしょう。そうなれば島村は、ＰＪ会に娘を誘拐されたとでも言って、北山に渡すはずの一千万円を身の代金にあてて、実際には全額を自分のふところに入れる。そんな計算を島村がしたかのように、見立てることが可能なはずだと、久美子さんは考えたのでしょう。私自身、一時はその見立てのとおりに考えてしまったのですけど、久美子さんはそう考えて、島村を誘拐事件の犯人に仕立てあげるつもりで、島村の煙草の吸い殻を自宅からいくつかくすねて持ってきていたのですね。たとえばそれを、真布の身代金引渡し現場付近に落としておく計画だったのではないかと思います。お父さんもオートバイに乗りますからちょうどいい。しかも久美子さんはあのとき、お父さんが来たのかと思った、とさえ証言しています。こういうわけで、この狂言誘拐の計画は、どこか子供じみた、安直な計画だったとは思いますが、浩平君と久美子さんと二人で一緒に考えだした計画としては、それなりにリアリティのあるものでもありました。

もし誘拐計画がそのまま成功していたら、久美子さんはどうするつもりだったのでしょう。一千万円を手にして、それきり家出でもしてしまうつもりだったのではないでしょうか。そのあと警察の捜索が、煙草の吸い殻を見つけて勝手に島村義夫を犯人に仕立てれば、それは願ったりかなったりだと、考えていたのではないでしょうか。しかもその後久美子さんがずっと行方不明になっていれば、島村には久美子さんを殺害した容疑がかかるかもしれない。父親が娘を誘拐した上で殺す、こういう容疑を島村にかぶせることができたら、それは久美子さんにとって、とても皮肉な、それでいてとてもストレートな、最高の結末になったはずなのです。久美子さんが最初めざしていたのはそんな結末だったのではないでしょうか。

ところが実際には、殺人事件が起きたために、誘拐事件は途中で消えてなくなってしまいました。そのとき久美子さんは、浩平君の死体を前にして、とっさに、今度はお父さんを、浩平君殺しの犯人にしたてようと決心したのです。そのために久美子さんは、指紋は全部ふき取るけれども、煙草の吸い殻だけは残しておくという奇妙な行動をあえて取ることにしたのでした。

そこにもすでに別の計画がはたらいていたことを見ぬくことは簡単です。いくら同じ銘柄の煙草を吸うからと言って、被害者の父親のＤＮＡ鑑定をわざわざするはずはないのですが、早い時期に鑑定されてしまうと、かえって久美子さんが困る結果になりかねません。その日島村にはちゃんとしたアリバイがあるかもしれませんし、煙草の吸い殻だけなら、久美子さんがくすねて持っていくのはわけもないことだ、何か一芝居するつもりだったんではないかと、お父さんは逆に久美子さんに逆襲するようなことを言い出さないとも限りません。そこで吸い殻が捜査に使われるのは、島村が何も反論できない状態になってから、つまり死人に口なしになってから、というのが久美子さんの予定だったのだろうと見当がつきます。浩平君が殺されたとき、現場にいた久美子さんは、たまたま持ってきていた煙草の吸い殻を利用して、浩平君殺しの罪を島村に着せるとともに、島村をいずれ殺してしまおうと考えていた、という結論は避けることができないものでした。

それでは本当は誰が浩平君を殺したのか。それは予定どおり実行された島村の事件を見ればすぐにわかります。先に久美子さん、次に藤田洋次郎さんが島村宅から出てきたことが目撃されていますから、二人が共犯者として島村を刺殺したと考えれば、それはわけないことだったはずです。

もちろん当時私は久美子さんと藤田さんに面識があって、殺人を謀議するほど親密であったとはまったく知りませんでしたから、この推定は意外なものでしたけれど、さかのぼって浩平君が死んだ日、浩平君の行状を見るに見かねた洋次郎さんが息子のアパートを突然訪れたとすれば、起こりうる事態の中にそれは含まれてきます。浩平君が誘拐事件の実行のために、わざわざお母さんにしばらく部屋に来るな、と念を押したために、お父さんとしてはかえってあやしいと感じて、なにか良からぬ行動を起こそうとしているのではないか、取り返しがつかないことが起こらないうちに、とにかく行って様子を見てこよう、と考えたのだと思います。一と月前には浩平君の先輩だという加藤光介の母親の入院を世話してあげたのだから、話をするなら今だ、とはやる気持ちもどこかにあったのかもしれません。お母さんのイソ子さんに相談すれば反対されたりパニックになられたりするかもしれないので、藤田さんはゴルフの練習に行くふりをして一人で、しかもはじめて、浩平君の部屋に行ってみることにします。もちろん親心だったのですが、取り返しがつかないことが起こらないうちに、という親心が、かえって取り返しのつかない結果を招いてしまったわけです。

浩平君にしてみれば、いちばん来てほしくないタイミングで、いちばん来てほしくない父親に来られて、すっかりキレてしまったのでしょう。どうやらそういう性格だったようですからね。そこでただちにののしりあい、つかみあいになって、なりゆきでどちらかが殺されるかもしれない危険状態になっただろうと想像されます。包丁を持ち出したのは、もちろん浩平君のほうだったはずです。浩平君が殺された日、洋次郎さんはゴルフ練習場の金網で手にけがをしたことになっていますが、実際には浩平君とのつかみ合いの最中に包丁でけがをしたと考えられます。後になって鑑定された浩平君以外の微量の血痕というのは、洋次郎さんのものだったはずなのです。なぜなら包丁の握りには浩平君の指紋がついていたのに、刃の部分は洗剤できれいに洗ってありました。だからそこには第三者の指紋や血痕が残されていたらしいのですが、関係者の中でその日出血のけがをしたのは、洋次郎さんだけだったのですからね。ですから、二人の争いは相当はげしいものだったと考えられます。もちろん、洋次郎さんがそこで大けがをしてしまっていたら、話の流れはすべて変わって、それ以後の事件は起こらなくてすんだでしょうけど、幸か不幸か、洋次郎さんのけがはごく軽いもので、出血も微量でした。久美子さんは奥のクローゼットに閉じ込められてなんかいませんでしたから、その様子をすべて目撃していました。

つかみあいをやっているあいだに、あるいはお父さんが包丁で殺されそうになった瞬間に、久美子さんが浩平君の後頭部を時計で殴りつけて殺した。そうとしか考えられません。ただそれにしても久美子さんは、なぜ殺すほど強く浩平君を殴らなければならなかったのか。それは夢中で起きた事故のようなものだったのでしょうか。

いや、むしろ久美子さんはこう考えたのだと思います。浩平君と一緒に傷害事件、あるいは殺人事件の加害者になる気はない。かといって夕方実家に電話をかけてしまったので、誘拐事件はすでに発生している。浩平にけがをさせる程度では、けっきょく二人とも狂言誘拐の犯人として逮捕されてしまう。自分が生き延びるためには、ここは浩平君に死んでもらって、すべてを浩平君のせいにして、あくまでも自分は誘拐された被害者なのだという一線を洋次郎さんに対して守るほかはない。

非常に残酷な、手前勝手な考えですが、それは久美子さんがいつの間にかたくわえた、生き延びるためのエネルギーでもありました。つねに自分の利益だけをエゴイスティックに守ること、久美子さんは心の底ではそれしか知らない女の子に育っていたのです。私にはよくわかるんです。それは私もおなじだからです。

ここで、ほかにまだ仲間がいれば、もちろん久美子さんが手をくだす必要はなかったでしょうし、殺人が起きたとすれば、殺されていたのはおそらく藤田さんのほうだったでしょう。しかし実際には、久美子さん一人だけしかその場にはいなかったので、久美子さんはいわばどちらを殺すかの選択権を与えられてしまいました。その選択の瞬間、一瞬の判断が、久美子さんの中に眠っていたエゴイズムを目覚めさせてしまったのだと思います。

こうして浩平君が即死します。お父さんは医者ですから、助かる見込みがあればどんな手段でも取ったでしょうが、久美子さんの一撃はあまりにも強烈でした。近所の人が「怖え」という声を聞いたのは、おそらくお父さんが「浩平！」と大声で呼びかけたものだったのではないでしょうか。

でもお父さんは、久美子さんを責めようとはしませんでした。自分は誘拐された、と訴える久美子さんの言い分をそのまま信じて、悪いのは浩平だったのだ、と言い、浩平の死についても、自分が責任を取りましょう、と言って、一一〇番さえしかけたのです。一一〇番に録音された声は藤田さんのものだったに違いありません。犯人がまず自首を考える、というこの事件の特異性は、こうしてようやく説明されることになります。

ところが久美子さんはその電話をすぐに止めます。ちょっと待って。話がある。

……そこから先は、話せない、話したくない部分です。今さら話す必要もないでしょうね。とにかく久美子さんは、自分の生い立ちについてすべてを打ち明けた。浩平君が死んだ今が、すべてを解消する運命的なチャンスである。そんなふうに話したことでしょう。

話しただけではなく、てっとり早く見せたはずです。あなたの悲しい証拠、悲しいほど雄弁な証拠をね。それを見せられて、藤田洋次郎さんは呆然としながら、混乱のきわみの中で、久美子さんの提案にやがて同意することになります。

そのとき、あるいはその後場所を変えて、日をあらためて話しあわれた計画は二つです。島村義夫を殺すことと、田丸耕治を殺すこと。久美子さんは浩平君のノートを見せて、浩平君がいかに田丸を恨んでいたか、心の中で何度も殺してきたか、藤田洋次郎さんに話します。島村義夫については、藤田さんの良心に訴えるだけでほとんど十分だったでしょう。ただ久美子さんは島村義夫を殺すだけでは、自分にとってあまりにも身近な事件ばかりなので、自分が疑われるのではないかという不安もあった。自分が知らない田丸耕治を連続殺人事件の中に巻き込むことによって、その不安はようやく薄らぐ。しかも最後には、田丸耕治の死を自殺に見せかけることによって、すべての罪を田丸になすりつけることも可能になるはずだ。

そもそも、このまま浩平君だけが死んで、浩平君をここまで追いやった田丸がのうのうと生き延びているのは理不尽です。浩平君の死を利用するかたちで、田丸を殺すこと、それはいまとなっては、浩平君の死を無駄にしない一つの方法でもある。久美子さんがこう主張することはむずかしくなかったでしょうし、藤田洋次郎さんの本心も、この最後の点についてはおなじだったのではないかと思います。誰だってこの点はおなじになりますよね。

こうして、もともと誰も殺したがっていなかった浩平君の死をきっかけに、久美子さんがもっぱら殺したがっていた島村義夫と、浩平君がもっぱら殺したがっていた田丸耕治を、二人で共謀して殺す、ということになったのですから、動機の解明がまったくなされず、捜査が見当ちがいの方向へむかわざるをえなかったこともしかたがありません。島村とPJ会の取り引きの件が明るみに出ることによって、混乱はますます大きなものになってしまいました。二人の最初の筋書きでは、浩平君を田丸と島村義夫が殺し、のちに田丸が島村を殺して田丸は自殺する、というものだったはずです。その筋書きはとっぴなものでしたが、死体は筋書きを作りますから、自分たちさえばれなければ、田丸の自殺で片がつくのではないかと期待していたのだと思います。実際にはPJ会の影がちらつくことによって、その筋書きは現実味を増してしまい、警察をもっぱら翻弄することになりました。

島村の殺害は、久美子さん一人では物理的にもむずかしいし、アリバイ作りもむずかしくなるので、島村とは面識がなくて絶対に動機がない藤田洋次郎さんが協力することがぜひとも必要でした。藤田さんが自然なかたちで島村家を訪問する口実として、藤田さんが島村に慰謝料を支払う、という申し出をすることになりました。事件の直後ではおかしいので、藤田さんが落ち着きをとりもどしたと私たちに認めてもらえる二か月間、久美子さんは待たなければなりませんでしたが、さいわい捜査はその間進展しませんでしたので、計画はいよいよ実行に移されました。

犯行は、おそらく藤田さんが見ている目の前で久美子さんが島村を刺し殺した、というもので、事件それ自体には何のトリックもありませんが、とにかく藤田さんにまったく動機がないために、完璧なカモフラージュが実現することになります。久美子さんは後ろから回りこんで島村を刺し、返り血をあびたコートと包丁を藤田さんにあずけ、手を洗ってタオルでぬぐってそのタオルも藤田さんに預けたはずです。新しい「ピラピラのコート」が返り血を浴びちゃったので、急いで冬のコートに着がえなければならなかったのが、わずかな計算違いだったのでしょう。それらのものを、いったん差し出した五十万円と一緒に鞄におさめて、藤田さんは帰宅します。もちろん、お母さんのいない夕刻を訪問の時間に選んだのは、久美子さんが考えたことです。

右頸動脈を一気に切断して即死させたやり方は、プロの手並みのようにも思えましたけど、考えてみたら藤田さんは医者なのだから、正確にどこを狙うか、あらかじめ久美子さんに教えておくことができますね。

ちなみに島村は自宅で真横から刺されているのですから、見知らぬ他人に殺された可能性ははじめからほとんどありえないのですが、その上さらに、一千万円にたいする犯人の無関心という問題があって、久美子さん以外が犯人である可能性は最終的に消去されることになります。というのも、久美子さんは、大城祥子委員長から手に入れた一千万円を、島村がどこかに隠していると考え、偽装誘拐の事件を起こしてそれを奪い取ろうとしたのですから、その現金の隠し場所については、残念ながら知らなかった。もし知っていたなら、誘拐などという面倒な事件を起こす必要はなくて、さっさとお金を誰かに盗ませて、自分は知らん顔をしているか、それとも自分で盗んで、この際家出でもしてしまうほうが、ずっと簡単だったはずですものね。それが推理の前提です。ところで、島村が殺された時点では、まだそのお金は島村の手元にあるのではないか、と思われていました。だからもし久美子さんに依頼された共犯者が、久美子さんと藤田さんが退出した直後に、島村家へ行って島村を殺したと仮定すると、当然その共犯者は、その大金を探して、見つからないまでも、せめて島村の鞄の中だとか、島村が鍵をかけていた金庫だとかを、探してみようとしたはずなんですけど、そうした捜索がおこなわれた形跡はまったくありませんでした。久美子さんがその共犯者に、あるかもしれないそのお金をあえて探さないように依頼した、などという推測はおよそ不自然ですし、そもそも誘拐事件を画策した動機にも反していますし、むしろお金も一緒に手に入れたほうが、犯人像の攪乱《かくらん》のためには好都合だったのですから、そんな推測は考慮に値するものではありません。考慮に値するのは、久美子さん自身が島村を殺害した。久美子さんは急いでいた上に、一千万円のことなんかどうだっていいほどの深い殺害の動機を、島村に対して抱いていた。殺せるのならお金なんかいらないと考えていた。そしてもっとも計算だかい言い方をすれば、島村さえ殺してしまえば、一千万円は島村志津子さんのものになるのだから、それならそれでいいと考えていた、という可能性です。そしてその可能性こそが、島村が不用意に犯人にすぐ脇から刺し殺された事実に符合する唯一の可能性なのです。

ここで一つだけ注意すべきことは、久美子さんたちはその後田丸耕治を自殺に見せかけて殺す計画をすでに立てていましたから、島村が殺された時刻に田丸になるべくアリバイがないようにしむけたい、ということでした。実際、田丸は大通り西三丁目である人物と待ち合わせをして、しかもその人物があらわれなかったと述べていて、アリバイは成立していないわけですけど、田丸が待ち合わせをしたのは本当で、あらわれなかったのは久美子さんだったにちがいありません。もちろんその日、久美子さんは島村殺害ののち久志君たちとコンサートに出かけて、大通りには近寄ってすらいないのですけれども、それはあとで何とでも田丸に言いわけができますよね。

その待ち合わせがあったとすると、その後二人の関係を利用して、あの雪の日に田丸を誘い出すことも容易だったはずです。田丸との関係をどうやって秘密のままに維持して、かれに名前さえ言わせないような信頼を獲得したのか、その方法は多かれ少なかれ性的なものだったと思います。山田美穂さんが田丸に、友達を紹介しろ、と言われたのを聞いて、田丸に電話をかけて、美穂さんの友達です、とでも言えば、案外簡単に田丸は久美子さんを招き寄せたのではないでしょうか。それでも久美子さんは十六歳ですから、田丸もおいそれと相手の正体を警察に教えるわけにはいかない。そういう関係がしばらく曖昧なかたちでつづいたのだと思います。その様子を田丸は、『ハスカップ』というソープランドの女性に満足げに語っていました。

久美子さんのこうした大胆さは、私にはよくわかることです。久美子さんのような人は、自分の肉体を大切にすることを知らない。知りたくもない。なぜなら大切にしはじめたとたんに、絶望がおおいかぶさってくるからです。私の場合には、大切にするもしないも、このとおりの身の上ですから、自分が自分に対して泣いているのか笑っているのか、わからない日々がずうっとつづきましたけどね。

ともかくそんなふうに、久美子さんの計画は順調でしたが、ところが思ってもみないことが起こって、久美子さんの予定をかなり変えてしまうことになりました。島村義夫がいまわの際に、自分の胸に煙草の火を押し当てたのです。その意味が、最後まで私にもわかりませんでした。浩平君の部屋に置かれた島村の煙草に注意を喚起するための工夫だとばかり思っていたのですが、それは犯人がべつの人の場合であって、久美子さんだとなると、あくまでも島村が自分でやったとしか考えられません。なぜなら久美子さんは、いっぽうで浩平君の部屋の煙草が、わざわざあらためて注意を喚起するまでもなく、すでにＤＮＡ鑑定されて、あとはそれに合致する資料が出現しさえすればいい状態にある、ということを知っていたでしょうし、他方では、久美子さんは島村を殺したあと、すぐに久志君たちとの待ち合わせ場所へ行って、日常的な場面に復帰する予定だったのですから、島村に手を引っかかれたり、自分が火傷したりしてしまいかねない危険のある追加攻撃を、島村がまだ生きているうちにあえて加える勇気は、とてもなかったに違いないからです。

いっぽう、さらにその二か月後に起こった田丸耕治の事件は、じつに単純ですっきりしたトリックを用いた、自殺に見せかけた他殺の事件でした。

これがいままでの事件と無関係な第三者の犯行ではありえないことは、田丸耕治の机の中から浩平君のノートのメモが出てきたことから明らかです。このメモは、久美子さんが犯行後、田丸の机の中に入れておいたものですが、入れておくべきかどうかについては、ずいぶん悩んだことだろうと思います。なぜなら、いっぽうでこのノートは、田丸を浩平君の事件に関連づけて、ひいては田丸がすべての犯人であり、犯人の自殺によってすべては終わったのだ、という印象を与えるためにはたいへん便利なものですから、これを現場に残したい気持ちはやまやまだったでしょうけれど、他方で、田丸と浩平君の事件が無関係であることが立証されてしまった場合には、このノートはかえって不自然な遺留品となって、田丸もじつは自殺ではなくて他殺なのではないか、浩平君を殺したのとおなじ犯人が今回も犯行を重ねて、その罪を田丸に着せようとしているのではないか、という疑惑を強めてしまう可能性があるからです。

その判断の重要な分かれ目は、浩平君の事件の夜に田丸のアリバイがあるかどうか、という点だったはずです。田丸はその夜鎌田誠一郎校長とバー『知床旅情』にいたことになっていました。ですからアリバイはいちおう成立しているわけですが、警察がもし鎌田校長をも、ＰＪ会がらみの仲間だと認定すれば、そのアリバイはにわかに疑わしいものになります。そういう事情を知って、久美子さんたちは、田丸と校長との結託、という方向にそって捜査が進んで、その結果田丸のアリバイは偽装されたもので、田丸は浩平君殺しの犯人でありうる、そういう結論を警察が出すことに賭けてみたわけです。その賭けは、警察の捜査に関しては成功をおさめました。

ちなみに、田丸が浩平君の事件と無関係だという確信を私が得た根拠は、田丸がピンサロの前で浩平君にばったり会った、と自分から述べていたからです。かれが浩平君と何か秘密の関係を作っていたのだとすれば、ましてや浩平君を殺したのだとすれば、余分な手がかりをこちらに与えかねない、そして忘れたふりをしていても後で困ることもない小さな再会のエピソードだったからこそ、それを自分から思い出したという事実は、それが実際に起こったことを述べたものであり、二人が無関係であることを示すものだと私は結論づけました。しかもこの再会は、田丸を尾行していた浩平君の側の発言ともぴったり対応しています。そうなりますと、田丸が『ハスカップ』で、浩平は自分が殺したんだ、と自慢げに語っていたというエピソードも、でたらめだからこそ吹聴できる話だったと、ごく自然に受け取ることができます。

これらのことは推論のプロセスを述べたまでのことで、事件の全貌があきらかになった今からふりかえってみれば、田丸が浩平君とかたらって誘拐事件を引き起こしたなんてことがありえないことは、もちろん明白なことです。田丸と浩平君はあくまでも無関係だったのです。それどころか、浩平君は田丸を恨みつづけていましたし、久美子さん自身よくご存じのように、田丸を殺すために久美子さんと藤田洋次郎さんが取ったやりかたの中にも、浩平君の田丸に対する恨みは十分に反映されているのです。

久美子さんは当日夜七時に学校を出た田丸と、おそらくは円山公園か北海道神宮のどこかひと気のないあたりで待ち合わせて、油断させる。そしてまだ雪がたくさん降っているあいだに、ひそかに背後から近づいた藤田洋次郎さんが田丸を絞殺する。使う紐は、もちろんあらかじめ自然に切れたように見せかけて一部を切りとった紐です。絞殺に必要な力から言っても、田丸を殺す動機が息子の浩平さん譲りのものだった点から言っても、実行したのは藤田さんだったと思います。それから田丸の死体を、調達しておいたヴァン型の車で田丸のマンションまで運ぶけれども、ベランダや室内に首吊り死体としてそのまま吊るしたのでは、死亡時刻が正しく推定されてしまう可能性がある。仮りに他殺ではないかと疑われた場合でも、死亡時刻を偽装して、自分たちのアリバイを成立させて、いわば二重の安全をはかるためには、雪が降っている戸外に死体を放置して、結果的に雪がやんでから田丸が死んだのだと思わせる必要があった。そのためのポイントは、雪がやんでから死体が現場に出現したように見せかける、ということです。その方法を久志君にもききながらいろいろ考えてみましたが、雪の自然な降りかたをごまかす、というのは意外にむずかしい設問になってしまいました。

正解に到達するのを助けてくれたのは、浩平君の部屋に残された遺品でした。久美子さんと藤田さんは、田丸の死体をマンションの屋上から吊るして、吊るした紐を重石で押さえておいたんですよね。死体の移動と雪の上への投げ捨てにばかり注意を払っていた私は、五階から落ちたように見せかけてじつはもっと高い屋上から落としたのだという方向へ発想の転換をするのに、いくらか時間がかかってしまいましたが、気がついてみれば簡単な工夫なんです。田丸の死体を吊るした紐を、しばらく重石で押さえておく。重石に使うのは、屋上でかき集めた雪をどっさり詰め込んだ、底に穴のあいたポリバケツ二つです。この二つを積み重ねて、両方に融雪剤を入れます。五、六時間かけて、融雪剤が雪を融かして水にしていく。水はバケツの穴から出ていって、だんだんバケツの重石は軽くなります。そして数時間後、紐は死体の重さに引っ張られて、バケツからはずれて下へ落下する。その数時間のあいだに雪がやんでいればいい。札幌の雪の予報は近ごろは一、二時間ごとで、当日の降雪の予報は九時まででした。その後さらに三時間の余裕を見て、午前〇時ごろに死体が落下するように仕組めば、まず間違いなく雪がやんでから死体が落ちることを期待できたはずです。そのころには屋上の雪も、見た目まっさらに復原されています。田丸の部屋は五階で、屋上はその上ですから、落下の距離の誤差も大きなものではありません。注意するところは、エレベータで住人と鉢あわせしないように、っていうことぐらいだったと思うけど、藤田さんなら小柄な田丸の死体を何かにくるんで運ぶのに、さほど苦労はいらなかったはずです。

　死体はまず田丸の部屋に運んでベランダの端に立たせると、そこから屋上の手すりの下の横木まで、あと一メートル半ぐらいです。邪魔になる物干しパネルを外して床に置いてから、田丸の首にかかった紐を、屋上の手すりの下の横木からあらかじめ垂らしておいた別の細紐に結びつけると、藤田さんは屋上へのぼって、その紐を引っ張ります。久美子さんはすこしでも田丸を持ち上げようとします。適当なところまで持ち上がったら、横木にぐるぐると紐を巻いて、それからバケツを乗せる。細紐は途中ではずしておく。こうして、屋上の手すりの上部にはさわらないままで、田丸を屋上から吊ることができます。田丸の部屋の手すりは、田丸が乗り越えたことになっているので、端っこにはむしろ雪が載ってないほうがいい。融雪剤をそこにも撒いておいたかもしれませんね。その前後に電気と暖房をつけ、浩平君のノートのページを机にしまうと同時に、首を吊った紐の切れたほうの端の部分をベランダの手すりにゆわえつけておくのは、久美子さんの仕事だったでしょうね。久美子さんはおそらく田丸の部屋へはじめてはいったわけではないので、それらの作業は簡単にすんだことでしょう。その後屋上の雪は融けつづけて、最後には二つ重ねの空っぽのバケツが残るだけですから、誰かに見られても怪しまれる心配はありません。

　そうそう、雪融けの水がそのまま屋上で凍りついてしまうと、そこから融雪剤があとで検出されてしまう危険がありますから、バケツを置く場所は排水口にできるだけ近いところじゃなければいけなかったのよね。だから田丸は、自宅のベランダのぎりぎりの隅にぶらさがることになったわけです。バケツについては、翌日の深夜にでも、藤田さんが回収するためにまたあそこへ行ったのだと思います。

事件の日以来二日間、雪が降らなくてお天気の日が続いたので、どの建物の屋上の雪も少しずつ融けていきましたが、たいていはまだ一〇センチか二〇センチ残っていて、見かけはあいかわらずまっ白なままでした。ところがあのマンションの屋上だけは、雪がほとんど残っていなかったので、人工的に減らされた、つまり集めて使われたことがわかったんです。屋上に行ってみたら、足跡は見つかりませんでしたが、そのかわり管理人さんがバケツのことを覚えてくれていましたから、解答の正しさは確認されることになりました。

もちろん、私は現場の雪の味も見てみましたよ。融雪剤はほとんど塩化カルシウムでできているので、バケツの中で雪が融かされて水になって、ほかの雪にしみこんでいれば、それは苦味があるだろうと予想していたのですが、そのとおりでした。ただし、その時点では私は、すでに真犯人を逮捕する意欲を失っていましたから、その雪の味は里緒には教えてあげませんでしたけどね。

私にとっておもしろかったのは、このトリックが、田丸の死体をわざわざ田丸のマンションの屋上から吊るさなければならない点でした。手間がかかりますし、目撃される心配もないとは言えません。それに比べたら、アリバイのことはとりあえず知らん顔をして、そのまま田丸と待ち合わせをした円山公園あたりの殺害の現場の木にでも死体を吊るして、遺書がわりに浩平君のノートを胸のポケットに入れておくこともできたはずなのですが、いや、冷静に考えればそのほうが合理的だったはずなのですが、二人はこの屋上からのぶら下げ計画を予定どおり実行することに没頭しました。どうしてこの計画にこだわったのか、私にもよくわかる気がします。これはきっと、浩平君が田丸を殺すためにいろいろ思いついたうちで、唯一実現の可能性のあるトリックだったのでしょうね。あなたがたが現場から持ち去った浩平君の北大ノートには、誘拐のためのメモだけでなく、ほかのトンチンカンなトリックとならんで、この死体を吊るすトリックも、あらかじめ書いてあったのだと思います。浩平君は友人たちにも教えない自慢のトリックを、すくなくとも一つ思いついていたようですからね。しかも雪の季節にね。だからお父さんの藤田洋次郎さんは、浩平君の身代わりとして、浩平君の計画通りにことを運ぶことによって、浩平君にたいするせめてものはなむけをしたかったのではないでしょうか。それともお父さん自身が、浩平君へのはなむけという名の良心の麻痺を、どうしても必要としていたのかもしれません。いずれにしても、お父さん以外に、多少の危険をおかしてでもこのトリックをなんとかそのまま実行しようとした人がいただろうとは私には考えられません。

浩平君の自宅の部屋には、今でもかれが重石の実験に使ったらしいバーベルがそのまま残されています。田丸の死体を吊るした紐をそのままバケツで押さえるのでは、押さえておくべき重力は田丸の体重そのものですから、紐がずるずる滑ってバケツから出ていってしまいそうですが、途中ベランダの横木部分に何回か紐を巻きつけると、摩擦が生じて、最終的な重力は何分の一かに減らすことができます。浩平君のノートには、バーベルの紐を物干し竿に巻きつけて実験した結果がちゃんと書いてあったにちがいありません。だから藤田さんは、喜んでそれに従うことにしたのでしょう。藤田さんが「あの子と話し合いたいこともたくさんある」と遺書に書いたのは、こうやって浩平君の計画にしたがって実行されたトリック殺人の出来ばえを、せめて天国で浩平君と、仲間同士として気さくに話し合いたい、という願いが込められていたのでしょうね。お父さんはおまえが考えたとおりのことをしてきたよ、と言うのでなければ、死んでも浩平君に顔むけができないと思っていたのでしょう。

ところで浩平君考案のトリックにこだわる以上、二人は田丸耕治殺しを、雪がたくさん降るまで待っていなければなりませんでした。そこでまた二か月がたちます。事件の日は十一月十一日、札幌に本格的な雪が降りはじめた最初の夜でした。こうして、最初の事件の被害者が、最後の事件に動機を与えて、しかも事実上の共犯者にもなる、という難解な構図ができあがったわけです。

ちなみにみなさんのノートでは、田丸耕治の事件の前に藤田洋次郎さんの自殺の件が書かれていますので、うっかり読むと藤田さんが自殺してから田丸が死んだかのようにも見えますけれども、「寒さもたけなわ」といったテレビの発言、公和君の「行くって言ってた」「以上、これ最新情報」という表現などから、藤田洋次郎さんの自殺は、皆さんがノートをつけだしてから途中で起こった出来事、つまりノートをつける現在時点での出来事だということは明らかです。そのあとに里緒が記録した里緒と私の会話のやりとりも、すべてが終わってからのものである刻印がうかがわれます。藤田さんは久美子さんとの約束をすべて果たしてみて、生きる気力が残っていなかったのでしょう。あるいは最初から、自分もいずれ浩平君のあとを追うつもりで、久美子さんの計画にしたがってきたのかもしれません。久美子さんの残酷な心理からすれば、これで共犯者さえもいなくなって、すべては安心だと思ったことでしょうね。

ところが、一つだけどうしても大きな気がかりが残ります。私にも最後の最後まで謎として残ったもの、それが島村の煙草の火傷でした。

この問題は、しかし、そもそも久美子さんがお父さんをどうして殺さなければならないのか、という問題に直結しています。誘拐事件の犯人にしたてようとしたり、浩平君が死ぬとすぐに島村殺しを計画した以上は、よほどふだんから、あのお父さんを殺したい殺したいと久美子さんが考えていたことを意味しています。それはなぜなのか。札幌のテレビ塔の上で、バケツのトリックをきっかけにした瞬間的な連想の中でこの問題の解答に行きあたったとき、そのときはじめて、藤田洋次郎さんがどうして愛する息子の死の直後に、突発的とはいえ当の息子を殺した初対面の娘の説得をただちに受けいれて、現場を立ち去るようなことができたのか、その問題も同時に解決できたように思いました。

……でも、これ以上は、話さなくていいでしょうね。あなたが藤田さんに見せたはずの証拠を、私にも見せろ、などということは言いません。どうせ私には見られないもの。それが何を意味しているのか、まだ幼かった久美子さんにどのような傷として残っているのか、それについては語らないのが、人間の礼儀というものですね。

泣かないで、久美子さん。もうだいじょうぶだから。ね。

……ともかくあれは、島村義夫が自分を刺した犯人をとっさに教えようとした、ダイイング・メッセージだったのですね。まさか殺される島村自身が、火傷をがまんしてあえてダイイング・メッセージを発しているとは考えませんでしたし、考えたとしても、胸、火、煙草、火傷、そんな無関係な言葉のまわりをぐるぐる回ってしまうだけでした。ところが、お父さんにとって、右の乳首の火傷の跡は、ただちにあなたを意味していたのです。しかもそれが、やはり煙草の火でつけられたのだとすれば、お父さんは自分の同じ場所にまったく同一のマークを残すことによって、あなたを、犯人を、死んでいく数秒間のあいだにも指し示すことができる、と考えた。数秒間のあいだにそんなことを考えついたとは、さすがのお父さんも、あなたの火傷のことをつねに意識のどこかにわだかまらせていたのかもしれませんけど、それを罪の意識だなどと呼んであげる気は、私にはありませんし、あなたにもないだろうと思います。

ダイイング・メッセージについてそんなふうに直感が働いた理由の中には、あなたの部屋の戸が襖《ふすま》なのに留め金の鍵がついていたり、ベッドの下から古い彫刻刀が出てきたり、といった悲しい付帯状況もふくまれています。あの彫刻刀には四の二と書いてあったのよね。お父さんが来たのはあなたが八歳、三年生のとき。あなたは四年生になると、彫刻刀をベッドの下にしのばせて身を守るようになったんでしょうね。それがいざというとき、役に立ったかどうか、かえってあなたの火傷をふやしてしまう結果にならなかったかどうか、それはわかりませんけどね。

でもそれだけじゃないんです。そんな直感が働いた理由は、私自身も虐待を受けた経験があったからなのだと思うんです。虐待という言葉なんか知らないで、ひたすら自分が悪い子だからだと思いこまされたままで……。ね、あなたと同じでしょ。ただ私の場合は継母だったので、あなたよりましだったのかもしれないけど、その人の指し図で、私は父親の運転する自動車に轢《ひ》かれて、それ以来車椅子生活になってしまったのです。驚いた？　こんなこと、告白するつもりじゃなかったんだけれど、あなたと対等にお話ししたくて、あえてお話ししたのよ。

人間はあなたや私の経験を語る言葉を持っていないのです。それはしかたのないことなのよね。私が専門にしている法律だって、言葉ですから、何も語ってくれないし、慰めてもくれません。

　あなたが藤田さんにどこまでくわしくその言葉にならない経験を話したのか、そこまでは私にもわかりません。まさか藤田さん自身までもがその虐待の経験者だったわけではないでしょうね。あなたのからだの異様な説得力にうたれて、復讐に同意することができるのは、自分でもおなじような経験をした人だけだとは私は思いませんし、思いたくもありません。ある種の敏感なやさしさがあれば、無力な子供に対する想像力があれば、せっぱ詰まった局面において法律よりもあなたを選ぶことは、それほどむずかしくなかったはずだと信じたいのです。

　……遅ればせの正当防衛って、私なら呼びますよ。子供がその場で助けてもらえなかった無念を、おとなになってからはらす正当防衛ってね。もちろんそんな言いぐさは、現実の法律では許されないんだけど、それはしかたがありません。法律は人の心の傷については語れないのですものね。

　でも、あなたの人生はそこで終わるわけではありません。たとえばこれを、復讐と呼びかえてみましょうか。あなたは加害者に直接復讐をして、被害者と加害者の立場を逆転した。それはいい。でも、せいせいしたのは、復讐をした直後だけだったのではないかしら。どう？　なぜなら、復讐してみても、過去の経験はなくならないし、忘れられもしないから。あなたであることに、変わりはないからです。

だから本当は、あなたは加害者に対してじゃなくて、そういうぬぐい去れない過去をあなたに与えたもの――あなたの運命に、復讐しなければならなかったんじゃないかと私は思うの。ね？　だから、これからはそれをしてもらいたいの。ゆっくり、だんだんとでいいから。運命に負けるのじゃなくて、飼いならして、あなたが持っているものすごいエゴイズムのエネルギーを、ちゃんと自分だけのために使って、自分は自分であってかまわない、っていう本当のエゴイズムに到達してほしいの。あなたや私のような人間は、それだったら誰にも負けないぐらいできると思うから。

でも、それができるようになれば、きっと、もっと自分にやさしくなることもできると思うの。落ち着いて、世間に出ていくこともできる。世間って、それほど無意味なものじゃないでしょう？　頼りないほど薄っぺらで、ゆるやかで、冷たいけれど、そこには愛すべき人も見つかるし、苦しんでいる仲間も見つかります。ね？　私だってそうだし、藤田洋次郎さんだって、あなたにとってそういう人だったんじゃないの？　そうでなければここまでうまく行くはずがないもの。ね？

でも藤田さんはもういないから、これからは久志君みたいに、あなたを大事にしてくれる人を大事にしたらいいんじゃないかしら。見よう見まねでやっているうちに、生きていくことにはだんだん慣れてくる。私たちがつまずくのは、いつも最初の一歩なんですものね。

そして生きることをはじめる気になれたら、あらためて、法律の必要性や独特のやさしさもわかってくるんじゃないかな。私の場合はそうだったの。どんなに孤独でも、法律だけは私の人格を、なんの気がねもなく認めてくれる。私はそんなふうに考えて法律の勉強をはじめたのよ。どんなみじめな人間でも、親に望まれていなくても、とにかくいったん生まれちゃったら、生きる権利がある。あたりまえに思うだろうけど、これはすばらしいエゴイズムの思想なのよ。人間がここまで到達するのに、何千年もかかったんだから。

あなたが久志君に近づいたのは、最初は藤田洋次郎さんとの関係をカモフラージュするための作戦だったのだと思います。あなたは非常に注意深く、藤田さんと連絡を取りあっていましたから、その具体的な痕跡は私にはつきとめられなかったけど、しいて言えば、あなたは藤田内科医院の休診日である水曜日に、藤田さんに会うことが多かったのじゃないかと私は思っています。だからネイルペインティングも木曜日にしてもらったんでしょ。

その一方であなたは、藤田さんの了解を取って、久志君と旅行へ行こうとしていました。お父さんが殺されたために、その旅行の計画は中止になったとノートに書かれています。あなたはお父さんを殺す予定だったから、計画がそうやってしばらく延期されることは予想していたでしょう。でもそれをいつまでも無期限に延期する気はあなたにはなかった。だからお父さんの死を知った直後、わざわざ久志君に「旅行に行こうね」と言ったのです。ところがその日のうちにお父さんの胸の火傷のことを知らされて、事情が一変したのよね。

かわいそうなことでした。久志君に胸を見せれば、久志君はおや、と思って、島村がちょうど同じところに火傷を残して死んだことを思い出すかもしれない。だからあなたは旅行に行けなくなってしまった。まるで死んでからも島村に呪われているみたいで、ほんとうに気の毒だったわね。

でも、もうだいじょうぶ。もし久志君が事件のことで変なことを言ったら、島村の火傷については、私がもう違う答えを出して解決しちゃったらしい、とでも言っておけばいいわ。

……そんなところかな、あなたにお話ししたいことは。そろそろ終わりにしなくちゃいけないわね。

じゃあ、しっかりね。生きることに慣れてね。恨んでいるあいだはけっこう生きやすいもので、恨みが消えたら何をしたらいいかわからない、なんてことにはならないようにね。

……さあ、それじゃみなさんのところへ戻って。「SNOWBOUND」が全国ヒットすることをお祈りしているわ。あなたの人生こそ、SNOWBOUNDだったのよ。誰にも連絡のつかない孤独の中にいつもいたの。彫刻刀だけを握りしめて。でも、もう違うはず。あなたは自分で生きる権利を取りもどしたのだからね。今度はその権利を、うまく使ってほしいの。それだけ。

私のことは心配しなくていいわ。こうなってしまったら、弁護士をつづけられないかもしれないと思うし、つづけるとしても、何かべつのかたちを考えなくちゃいけないと思うけどね。

　こんなことを言ったからって、私はあなたが受けてきた屈辱に、びっくり仰天しているわけではないのよ。私だってあなただって、似たような事例はいくらでもある。悲しいけれど、それが現実です。でも、私はこんなかたちで、あなたと出会ってしまった。ほら、人を愛することについて、うんざりするほど聞かされて、本で読まされても、いざ自分が人を愛したら、それが唯一の、前例のない物語にかならずなってしまうでしょう。きっとそれとおなじように、似たような事例がいくらあっても、私が出会ったあなたは、私にとってかけがえのない物語になったの。ちょうど、あなたを愛するようにね。だから私も、変わらなければならないと思うの。

　だから、あなたに会えてよかった。愛をありがとう、って言いましょうか。お別れの言葉としては、ちょっといいじゃない？

　……さようなら」

　先生はお話を終えられました。

　お客様は、動こうとなさいませんでした。じっとどこかを見つめるように、目を細めてうつむいておられました。

　先生は紅茶を口にお運びになりました。チリン、とソーサーにあたるカップのかすかな音が、いつのまにか薄暗くなったお部屋の時刻を教えるようでした。

レースのカーテンのむこうには、街なみの合い間に、月もなにもない四月の空が淡いすみれ色にのぞいていました。

お客様の涙はまだ乾かずに、両方の頬にうっすら模様を残して光っておりました。

やがて先生が車椅子をお客様に近づけて、寄りそうようにハンカチをその頬にあててさしあげました。

「……わたし」とお客様はかすれた声でおっしゃいました。

「なあに？」

「……わたし、先生に、見つけてもらいたかったんだと思うんです。ノートを書きながら」

「ノートを？」とおっしゃってから、先生はお客様の手を静かに両手でお取りになりました。「そう。あなたもノートを書かされることになって、びっくりしたでしょうね。もちろん書きたくはなかったはずだけど、書くというのはふしぎな力があるから、嘘を書いていても、そこに真実をこめたくなってしまうし、真実を読みとってもらいたくなってしまうものなのかもしれないわね。あなたの書いた部分を注意して読んでいくと、もちろん嘘の部分もたくさんあるけど、真実の部分もたくさんある。あなたと久志君や美穂さんとの友情、彼らにたいするあなたの気持ちは、嘘じゃないことが読んでいてわかったわ」

お客様はちょっと首を振るようになさいました。すると先生はお客様の顔を見つめて、おかしそうに頬笑まれました。

「それだけじゃないって言うのね？　それもたしかに見つけさせてもらいましたよ。あなたは最初のうち、自分の文章の一段落をこしらえるのに、「犯」「人」「は」「わ」「た」「し」という言葉の一文字ずつを取って、それを一行ごとのはじまりに置いて、段落を作っていったりしたのよね。『最初に書くことを決めて、それにしたがって無理にでも書いてみよう』とあなたが書いていたのは、その文字遊びのことをあてこすって言ったんでしょう？　その気持ちはよくわかるわ。探偵小説だったら、ばれたらそれこそ一巻の終わりっていう、そんなあぶないトリックはぜったい使わないだろうけど、あなたは探偵小説を書いていたのではないから、いいえ、最後に犯人が指名される探偵小説だけは書きたくなかったから、かえってそんなこともやろうとしてみたのでしょうね。ちゃんと読み取っていましたよ。だって私は、悪いけどあのノートを読みはじめたときから、あなたが犯人であることを知ってたんですもの」

するとお客様はまっすぐな長い髪をふるふると揺らせて、

「……悪くないです。こうなって、いろいろ言ってもらって、わたしなんだか、すごくうれしくて……」

先生はだまって、握りしめたお客様の手をゆっくり握手のように振っていらっしゃいま

して、

した。

するとと今度は、お客様が先生のほうをむかれて、ご自分も両手で先生の両手を握りかえ

「……藤田さんのことだけ、わかってもらいたいんです」とおっしゃいました。

先生もそれで顔をあげられました。

「藤田洋次郎さんのこと？」

「……あの人、若いころに、わたしぐらいの女の子が事故で亡くなって、その死体の検査をしたことがあるの。……その女の子には、わたしについてるのと同じような火傷や痣の跡が、いくつもついていたっていうの。おかしいと思ったけど、そのまま親の言うとおり、事故として処理をしたんだけど、そのあとだんだん、虐待のことが世間で騒がれるようになって、その子もじつは、虐待で死んだんじゃないかって、すごく後悔するようになったんだって。その子の痣だらけの、はだかの死体が、ときどき夢の中に出てくるって言ってた。……だから、わたしの胸を見たとき、あの人はいっぺんに、なんにも言えなくなっちゃったの。浩平が死んだ直後なのに。それとも直後だから、どこか変だったのかもしれないけど……。わたしがその死んだ女の子の生まれ変わりだと思ったって、あとで言ってた。浩平が死んだのは、その子が自分にくだした罰なんだって。だから、こうなったからには久美子を助けなくちゃ、って」

「そう。最初から最後まで、責任感のつよい人だったのね」

「うん。……あの人はわたしに、ぜんぜんさわろうともしなかったんだ」

「……そうだったの。それは意外だったな」

「わたしも。抱いてくれたほうがかえって不安もまぎれるのに、ぜったいそうはしなかった。『これはきみのため、浩平のため、悪人を成敗するためなんだから。自分ではっきりそう思ってなかったら、とてもやりとおせないから』って。だから、わたしが久志とつきあうのにも賛成っていうか、何も言わなかった。……すごく無理をしてくれてたとは思うの。わたしと約束したから、それをまもるっていうだけで、どんどん疲れてたんだと思う。でもきいても、何も言わなかった。田丸まですんで、全部おわって、わたしはこれから、あの人にどんなふうに感謝したらいいだろうって、考えてたら、だまって死んじゃったの。……死んじゃったの。……だからわたし、もういっそのこと、つかまったほうがいいと思って……」

お客様は椅子からくずれて床にひざまずき、先生の膝に顔をうずめられました。先生はお客様の髪や肩をなでてあげながら、

「だいじょうぶ。だから私が、あなたをこうやって、つかまえてあげたんじゃない。これでいいでしょ？　ね？　あとはそれぞれ自分にもどって、おだやかに生きていくことにしましょう。私もがんばるから。ね？」

「……わたし、そんなこと……」とお客様は、嗚咽のあいだにそうおっしゃいました。

「いいの。だいじょうぶ。いいの。いいの」と先生はお客様の髪をしばらくなでてさしあげてから、

「……お母さんは、お父さんとあなたのこと、何も知らないのね？」

お客様は小さくうなずかれました。

「ひどいことをされても、お母さんには告げ口しなかったのね。怖くてできなかったの？」

「……それもあるけど……お母さん、お父さんが来てから、笑うようになって。……いままでお客さんにいじめられたりとか、お店でいろいろあって、毎日泣いてたから……お父さんが来てから、お店がうまくいくようになったみたいで」

「だからいまの生活を壊しちゃいけないように感じて、言うに言えなかったのね？　かわいそうに」と先生はお客様の頬を手の甲でそっとぬぐってさしあげました。

「でも、とにかくお母さんが何も知らないなら、もうお父さんはいないんだから、あなたのいやなことを知っている人は誰もいないわ。あなたと私だけの秘密。ね？　だからもうだいじょうぶでしょう？　もちろん私は秘密を守るし。あなたはこれから新しい生きかたをすればいいの。ね？」

「……でも、わたし、もう……」

「いいのよ。いいの。ほら、指きりをしましょう。私たちだけの指きり。そう。もうだいじょうぶよ。ほら。だいじょうぶ……」

小指をむすんだまま、お二人はまた動かなくなりました。そのままお二人のシルエットはお部屋の暗闇にまぎれていくばかりでした。

お客様がすこしずつむせぶ息をおさめられると、そのままお部屋は静まりかえって、やがて今までの先生の声やお客様の小さな声が、まるでまぼろしだったかのように、遠いむかしの思い出だったかのように思えてくるのでした。

それが私の最後の思い出だったからでしょうか。最後の思い出になることの予感と覚悟に、先生ご自身も、私も、そのときすでにつつまれていたからでしょうか。

まるで見えない雪がお部屋の中を降りしきって、すべての音を吸いとってしまったように、やさしいしじまがお二人をつつんで流れていくのを、私は雪にうずもれていく杭のようにじっと動かずいつまでも見つめておりました。

付記　NO.3――里緒

以上のすべてのノートと付記は、事件の十五年後の二〇〇六年十二月になって、私の手元に戻ってくることになった。礼二さんが亡くなったからである。

当時書き残して保管しつづけてきたらしい付記2を、礼二さんは死の直前になって、私あてに届けるように人に託してくれた。私は真相を知った。だがもちろん、すべては手遅れだった。まる十五年たって、ちょうど時効が成立していた。正直なところ、ホッとした気持ちだった。今さら久美子を連続殺人の容疑で起訴することなど、あまりにもむごい、暗澹《あんたん》たる結末になってしまう。それでも時効さえなければ、私はそうせざるをえなかっただろうけれど。

ただ、時効の件は別として、礼二さんがすべての真相を私に託したのは、彼があれほど献身的に世話をした千鶴の元気な活躍を、最後までたたえ、せめてもの慰めとしたい気持ちのあらわれなのではないかと思って、千鶴と礼二さん以外の登場人物の名をすべて仮名にした上で、私はこれを出版することにした。

千鶴は仮名にしたくなかった。札幌での一連の事件後まもなく、礼二さんを解雇し、両親を殺害して現行犯逮捕された中村月平《なかむらつきへい》という男の弁護にかかったころから、千鶴は常軌を逸した言動を見せはじめ、一年あまりのちには弁護士でいられなくなってしまった。私ははらはらしながら彼女の情報を東京から集めたものだった。今それを振り返る余裕はない。ただ、千鶴という人にも慰めが必要だ。私はそう考えた。

久美子はあの事件のあとまもなく、札幌から姿を消した。SAPPは二年ほどで解散になり、久志はその後東京の大学へ行ったところまでは聞いたが、卒業してからは音信不通である。今でもときどき会うのは、札幌に残って会社に勤めている公和だけである。ノートと付記の出版の話をしたら、長いあいだ遠い目をして考えてから、OKを出してくれた。中に挿入された歌だけは差し替えるわけにいかなかったが、今はもう知る人も少ないし、二人の夢の思い出としてなつかしんでくれるということだろう。

五、六年前に、稚内《わっかない》の近くの障害者施設で久美子が働いている、という噂を公和から聞いた。公和も私も気になりながら確かめに行くでもなく、そのままになっている。その気分は今も変わりがない。変わるべきでもないだろう。その施設は浜辺に立っていて、天気がいい日は子供たちが介護士たちに連れられてわいわい砂浜に出てくるということだ。その中に久美子の笑顔が今もあることを、私はただ想像していたいばかりである。

礼二さんも私には千鶴におとらず興味ぶかい人だった。心からご冥福を祈りたい。

解説

千街晶之《せんがいあきゆき》
（ミステリ評論家）

アメリカ文学者が本職の平石貴樹だが、ミステリファン——特に古くからのミステリファンにとっては、『笑ってジグソー、殺してパズル』（一九八四年）や『だれもがポオを愛していた』（一九八五年）を書いた作家というイメージが強いだろう。若いミステリファンならば、本格ミステリ大賞の候補になった『松谷警部と三ノ輪の鏡』（二〇一五年）や、横溝正史《よこみぞせいし》にオマージュを捧げた『潮首岬に郭公の鳴く』（二〇一九年）といった近年の作品群の印象が鮮烈だろう。

著者は一九八三年、青春小説『虹のカマクーラ』ですばる文学賞を受賞して作家デビューしたが、『笑ってジグソー、殺してパズル』と『だれもがポオを愛していた』を立て続けに発表したことで当時の本格ミステリファンから注目された。しかし、ハードボイルド味の強い『フィリップ・マーロウよりも孤独』（一九八六年）を発表したあと作家としては十一年も沈黙状態に入るなど、作品発表の間隔は空き気味だった。これはひとえに東大教授という本業が多忙だったためであり、東大を定年で退官して時間に余裕が生じた二〇一〇年代から作品発表がコンスタントになりつつあるのは、ミステリファンにとっては非常に慶《よろこ》ばしい。

さて、初期の作品と近年の作品に挟まれた一九九〇年代から二〇〇〇年代の著者の作品は、文庫化の機会に恵まれず埋もれてしまった感があった。しかし、近年の注目の波に乗って、この時期の作品が光文社文庫から復活しつつあるのだ。その一冊が、本書『スノーバウンド@札幌連続殺人』（二〇〇六年十一月、南雲堂から書き下ろしで刊行）である。早速、冒頭を紹介しよう。

一九九一年七月、札幌。十六歳の高校生・島村久美子《しまむらくみこ》が、藤田浩平《ふじたこうへい》という若者に誘拐された。久美子の家には「娘を誘拐した。明日の朝までに一千万円現金で用意しておけ。警察に連絡したら娘は殺す」という電話がかかってくる。その夜、警察に男の声で「警察ですか。あの、人を殺しました」という一一〇番通報があった。通話記録で発信元を突き止めた警察が駆けつけたところ、藤田浩平は殺害されており、島村久美子は縛られた状態でクローゼットの中に閉じ込められていた。犯行時刻、久美子や近所の住人は男が言い争う声を聞いていた。

久美子を誘拐した実行犯が浩平なのは確かだが、遺留品を鑑定した結果、現場には他に少なくとも二人の人物がいたらしい。浩平の父・洋次郎《ようじろう》から、息子が犯した罪に責任を感じるので被害者の久美子に慰謝料を払いたい――という相談を受けた札幌の弁護士・岡本《おかもと》里緒《りお》は、たまたま札幌旅行の予定があった旧友の山崎千鶴《やまざきちづる》を、慰謝料に詳しい弁護士として洋次郎に紹介することにした。事件の謎に興味を抱いた千鶴は札幌滞在中に解決すると意気込むが、暴力教師問題や宗教団体の存在なども絡んできて、真相はなかなか見えてこない。やがて、事件関係者の中から第二の犠牲者が……。

本書の探偵役として活躍する山崎千鶴は、著者が一九九〇年代から二〇〇〇年代に発表した三冊のミステリに登場した。それら（仮に「山崎千鶴三部作」と呼ぶことにする）を刊行順に紹介すれば次の通りである。

1 『スラム・ダンク・マーダー その他』一九九七年二月、東京創元社
2 『サロメの夢は血の夢』二〇〇二年四月、南雲堂→二〇二〇年七月、光文社文庫
3 『スノーバウンド＠札幌連続殺人』二〇〇六年十一月、南雲堂→二〇二三年二月、光文社文庫（本書）

このうち、「だれの指紋か知ってるもん」「スラム・ダンク・マーダー」「木更津のむかしは知らず」という三つのエピソードおよびエピローグから成る『スラム・ダンク・マーダー その他』は、『笑ってジグソー、殺してパズル』と『だれもがポオを愛していた』に続いて法務省特別調査官のニッキこと更科丹希《さらしなにき》が探偵役を務める作品であり、山崎千鶴は

印象的な脇役として顔を見せる。だが彼女は、『サロメの夢は血の夢』で探偵役に昇格し、続く本書でも同様の役割を果たす。このあたりの事情について著者は、村上貴史《むらかみたかし》が構成・文を担当したインタヴュー集『ミステリアス・ジャム・セッション　人気作家30人インタヴュー』（二〇〇四年）において、「ニッキを『笑ってジグソー、殺してパズル』でデビューさせてから十年以上が過ぎていて、〝現在のニッキ〟の姿を見失っていたというのが、探偵役を変えた理由の一つですね。また、山崎というキャラクターは『スラム・ダンク・マーダー　その他』でも少しだけ顔を出しているんですけれども、これがなかなかいい女で……このままお別れするのは勿体ないという気持ちがあったんです（笑）」と述べている。同じインタヴューでは「山崎千鶴というキャラクターには相変わらず興味を覚えているので、彼女を探偵役に据えた小説をもう一本書きたいと考えてはいるんです。まだ内容はぼんやりとしていて、トリックも出来ていないという状態なんですが、なるべく来年くらいまでには仕上げたいですね」と本書の構想についても語っているけれども（このインタヴューの収録は二〇〇二年四月）、予定よりも執筆に時間がかかったことになる。

山崎千鶴三部作を刊行順ではなく作中の時系列に沿って並べ直した場合、千鶴が三十四歳だと記されている『サロメの夢は血の夢』が最初、三十五歳になっている本書が二番目、そして『スラム・ダンク・マーダー　その他』が最後となる。

彼女はある事情で小学生の時に車に轢かれ、それ以降車椅子生活を送っている。その経験のせいで、犯罪に対して独自の考え方を持つ（『サロメの夢は血の夢』では「私は犯罪を愛している。どうやらこのことは本当らしい。私の宿命らしい。だから自分に素直になって、気の向くままに行動してみよう。男たちを愛するように、この事件を愛してみよう。地獄行きのジェットコースターに、乗ることができるかもしれない。そのまま生還しようとしまいと、私はそれ以外の愛しかたを知らない」と内心で述懐している）。そのような闇を内心に秘めつつも表向きの言動は快活であり、相手が事件関係者か警察官かを問わず、いい男に惚れっぽい（惚れられっぽい）傾向がある。彼女の世話係と運転手を務めている礼二《れいじ》という老紳士がいるが、この人物の素性は謎に包まれている（『サロメの夢は血の夢』で登場した時は「礼さん」としか呼ばれておらず、名前が礼二だと判明するのはようやく本書においてなのだ）。

『サロメの夢は血の夢』と本書は、複数いる視点人物のリレー式の語りで構成されている点は共通している。しかし、前作が登場人物の内的独白から成っているのに対し、本書は手記で構成されているという違いがある。

前作の場合、内的独白で紹介される登場人物の中には犯人もいる。通常、人間は自分の心の中では嘘をつけないから、内的独白の手法をミステリに応用した場合は犯人が丸わかりになってしまいかねないが、その危険をすり抜けるようにして真相を最後まで伏せているのが前作の読みどころだった。それに対し、本書の場合、関係者の手記というスタイルは、書き手が必ずしも真実を記しているとは限らないことを意味する。「信頼できない語り手」という言葉があるけれども、本書のように手記の記述者が複数いる場合、信頼できないのが一人という保証はない。ひょっとすると、全員が何らかの嘘を記している可能性すらあるだろう。手記の記述者は、山崎千鶴を北海道に招いた弁護士の岡本里緒、誘拐の被害者である島村久美子、殺害された藤田浩平の友人で『ＳＡＰＰ』というバンドを組んでいる畑中久志《はたなかひさし》と矢部公和《やべきみかず》、この四名である。彼らは果たして、どこまで真実を記しているのか。

とはいえ、語り手以外の誰かがいる場所で起きた出来事や、警察の捜査によって判明した事実など、絶対に虚偽ではなく事実だと断定可能な箇所も多い。また、よく読めば矛盾を来《きた》している記述もあるので、それに気づけば、読者も千鶴と同じ条件で謎を解けるようになっている。

内的独白と手記という『サロメの夢は血の夢』と本書の差異は、山崎千鶴というキャラクターの印象の違いにもつながっている。前作の場合、本来なら他人に覗き込める筈もない彼女の内心の赤裸々な想念がダイレクトに描かれているので（例えば先に引用した「私は犯罪を愛している」という述懐など）、ある意味で不謹慎とも言えるその人物像に読者は衝撃を受けるだろう。それに対して本書では、彼女のエキセントリックな側面の描写は控え目である。手記の記述者たちの目には、彼女がそのような人物として映ったということなのだろう。そのぶん、前作を先に読んでいると、彼女のイメージの違いに少々戸惑うかも知れない。

しかし、通常のミステリにおける「読者への挑戦」に該当する「付記　NO．1——里緒」と題された箇所で、事件の謎のほかに、「真相を語らず、犯人逮捕に協力しようとしない千鶴」というもう一つの謎が提示されていることが示すように、本書の結末でも彼女の独自の人間性が重要な要素となっている。もし彼女以外のキャラクターが探偵役だったら、この事件の決着は異なったものになっていただろう。

もう一つ、本書の特色を挙げておくなら、北海道ならではの道具立てが謎解きと密接に関係している点だろう。例えば、ある人物がついた嘘については、ある路線に乗ったことのあるひとなら気づいて然るべきだが、うっかり見落としてしまう読者が多いかも知れない。また、作中に出てくる留萌線は、一九一〇年に開業した歴史ある路線だが、利用客の減少などを理由として、石狩沼田〜留萌間は二〇二三年三月末に、深川〜石狩沼田間は二〇二六年三月末に段階的な廃線が決定した（従って、真布駅は二〇二三年三月末に廃駅となる）。その意味で本書は、（そういう意図で執筆されたわけではないかも知れないにせよ）作中の時代である二〇世紀末の記憶のタイムカプセルとも言うべき小説にもなっている。

こうして山崎千鶴三部作のうち二作までが文庫化されたのだから、残る『スラム・ダンク・マーダー　その他』も光文社文庫から復活させてほしいと思う。山崎千鶴という、魅力的で聡明だが闇を抱え、犯人にやや感情移入しすぎる探偵役の物語は、時系列で最後となる『スラム・ダンク・マーダー　その他』を読むことで完結するのだから。

二〇〇六年十一月　南雲堂刊

地図作成　デザイン・プレイス・デマンド

光文社文庫

スノーバウンド@札《さつ》幌《ぽろ》連《れん》続《ぞく》殺《さつ》人《じん》

著　者　平《ひら》　石《いし》　貴《たか》　樹《き》

2023年2月20日　初版1刷発行

発行者　三　宅　貴　久
印　刷　堀　内　印　刷
製　本　ナショナル製本

発行所　株式会社　光　文　社
〒112-8011　東京都文京区音羽1-16-6
電話（03）5395-8149　編　集　部
8116　書籍販売部
8125　業　務　部

落丁本・乱丁本は業務部にご連絡くだされば、お取替えいたします。
ISBN978-4-334-79494-1　Printed in Japan

組版　萩原印刷